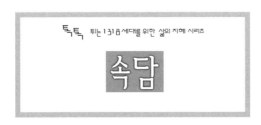

톡톡 튀는 1318 세대를 위한 삶의 지혜 시리즈

속담

톡톡 튀는 1318세대를 위한
삶의 지혜시리즈 속담

초판발행일 2001년 1월 15일
초판 3쇄일 2011년 1월 15일

엮은이/이창훈
펴낸곳/도서출판 지원클럽
펴낸이/김철수

주소/서울시 은평구 응암동 244-211번지
전화/(02)322-9822, 7792 · 팩스/(02)322-9826
출판등록/제 10-1371호 1996년 12월 3일

ISBN 89-86717-59-X

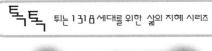

톡톡 튀는 1318 세대를 위한 삶의 지혜 시리즈

속담

이창훈 엮음

지원북클럽

머리말

　　　　　속담에는 우리 선조들의 지혜가 가득 담겨 있습니다. 우리는 속담을 통해 우리가 겪어 보지 못했던 것을 간접적으로 경험할 수 있으며, 그로 인해 우리의 삶을 돌아보며 성찰의 계기를 삼을 수 있기도 합니다. 속담이 우리에게 주는 지혜대로 산다면 우리는 진정한 삶이 무엇인지 그리고 인간의 도리가 무엇인지를 깨닫게 될 것이며, 실패하지 않는 삶을 살 수 있을 것입니다.

　　　　　속담을 접하다 보면 우리는 과거와 현재의 편차를 느낄 수가 없습니다. 물론 지금의 시대에서는 이해하지 못할 속담이나 맞지 않은 속담들도 있기는 하지만, 대부분의 속담은 '아, 그 시대 사람들도 지금의 우리와 같은 생각을 했구나' 라며 무릎을 치게 합니다. 사실 과거와 현재의 문화나 생활방식은 달랐겠지만, 사람들의 원초적인 생각과 행동은 그다지 바뀌지 않는 모양입니다. 몇 백 년 혹은 몇 천 년간 입에서 입으로 전해져 내려오는 말들이 지금 우리가 살고 있는 시대에도 적용이 되고도 남으니 말입니다.

　　　　　이 책은 여러분의 이해를 돕기 위해, 가나다순으로 편집되어 있는 기존의 속담집의 형식을 탈피하여, 총 7부로 나누어 각 주제별로 그 주제에 맞는 속담들을 구성해 놓았습니다.
자, 이제 우리의 선조들이 들려주는 삶의 지혜가 가득한 글귀에 귀를 기울여 보십시오.

차 례

배우지 않으면 곧 늙고 쇠한다　　제1부

배우지 않으면 곧 늙고 쇠한다
― 근사록

♠ 가는 말에 채찍질

☞ 뜻풀이 : 빨리 달리고 있는 말도 더욱 빨리 가게 하기 위하여 채찍질을 한다는 것으로 부지런히 하느라고 하는 데도 자꾸 더 빨리 하라고 하듯이, 일이 잘 될수록 더 잘 되게 노력해야 한다는 뜻.

♠ 가르침은 배움의 반이다

☞ 뜻풀이 : 다른 사람을 가르치기 위해서는 가르칠 분야를 자신도 공부하고 준비해야하므로 다른 사람을 가르친다는 것은 가르치는 사람 자신에게도 큰 공부가된다는 뜻.

♠ 가맛목의 소금도 집어넣어야 짜다

☞ 뜻풀이 : 가맛목에 있는 소금이라도 가마 안에 떠 넣어야 음식의 간이 맞게 된다는뜻으로, 아무리 손쉽게 할 수 있는 일이라도 노력이나 수고를 하지 않으면저절로 이루어지지 않는다는 뜻.

♠ 감나무 밑에 누워서 홍시 떨어지기를 기다린다

☞ 뜻풀이 : 어떤 일을 이루기 위해 그에 상응하는 노력은 전혀 하지도 않고 좋은 결과
만을 바란다는 뜻.

♠ 개도 부지런해야 더운 똥을 얻어먹는다

☞ 뜻풀이 : 부지런히 노력하고 배움을 게을리하지 말아야 자신의 뜻을 이루고 성공을
거두어들일 수 있다는 말.

♠ 개똥참외도 가꾸기 나름이다

☞ 뜻풀이 : 아무리 평범한 가정에서 태어난 사람이라 할지라도 교육만 잘 받으면 훌륭
한 인물이 될 수 있다는 뜻.

♠ 개미가 작아도 탑을 쌓는다

☞ 뜻풀이 : 아무리 평범한 사람도 공들여 열심히 노력하면 크게 이룰 수 있다는 뜻.

♠ 개천에 내다 버릴 종 없다

☞ 뜻풀이 : 아무리 하찮아 보이는 사람이나 물건이라 할지라도 어딘가 쓰일 곳이 분명
히 있다는 뜻.

♠ 검은 것은 글씨요, 흰 것은 종이라

☞ 뜻풀이 : 글자를 전혀 모르는 무식한 사람을 이르는 말.

♠ 게으른 계집 섣달 그믐날 빨래한다

☞ 뜻풀이 : 게으른 사람은 할 일을 미루기만 하다가 막판에 가서야 부지런을 떤다는 뜻.

♠ 게으른 선비 책장 넘기기

☞ 뜻풀이 : 자신이 하고 있는 공부나 일의 본질적인 의미는 생각도 하지 않고 딴청 부리며 놀 궁리만 하는 게으른 사람을 이르는 말.

♠ 경첩은 녹슬지 않는다

☞ 뜻풀이 : 문에 달려 있는 경첩은 문을 열 때마다 계속 움직여 녹슬 여유가 없는 것처럼, 사람도 항상 노력하고 부지런히 움직여야 제자리에 머물지 않고 발전할 수 있다는 뜻.

♠ 곳간의 곡식은 썩어도 몸에 가진 재주는 썩지 않는다

☞ 뜻풀이 : 곡식은 곳간에 오래 보관하면 썩을 수 있지만, 사람의 머리 속에 든 지식은 없어질 수 없다는 뜻.

♠ 공자 앞에서 문자 쓴다

☞ 뜻풀이 : 어리석은 사람이 잘 알지도 못하면서 그 분야에 정통한 사람 앞에서 잘난 척한다는 뜻.

♠ 구르는 돌에는 이끼가 끼지 않는다

☞ 뜻풀이 : 박혀 움직이지 않는 돌에는 이끼가 끼기 마련이지만 구르는 돌에는 이끼가 끼지 않듯이 사람도 끊임없이 노력하고 활동하면 도태되거나 뒤쳐지지 않는다는 뜻.

♠ 궁하면 통한다

☞ 뜻풀이 : 어떤 일을 진행함에 급작스런 장애로 도저히 헤어날 길이 없을 것 같아 보이는 궁지에 몰리게 되면 오히려 헤어날 길이 보이게 마련이라는 뜻.

♠ 글 못한 놈 붓 그리듯 한다

☞ 뜻풀이 : 어떤 일에 미숙하고 서투른 사람일수록 도구는 좋은 것만 사용하려고 한다는 말.

♠ 나무가 커야 그늘도 크다

☞ 뜻풀이 : 덕 있고 도량이 넓은 사람 밑에 있으면 배우고 얻는 것 또한 많다는 뜻.

♠ 남의 자식 흉보지 말고 내 자식 가르쳐라

☞ 뜻풀이 : 다른 사람 자식의 잘못에 대하여 말하기 전에 자기 자식에게 그런 흉허물이 없는가를 살펴보고 잘 가르치라는 뜻.

♠ 낫 놓고 기역자도 모른다

☞ 뜻풀이 : 'ㄱ' 자 모양과 비슷하게 생긴 낫을 앞에 놓고도 그것이 'ㄱ' 자인 줄도 모른다는 말로 아주 무식하거나 글을 전혀 모르는 사람을 이르는 말.

♠ 노는 입에 염불하기

☞ 뜻풀이 : 아무 말도 하지 않고 가만히 있는 것보다 염불이라도 외는 것이 낫듯이 가만히 앉아 놀고 있는 것보다는 무슨 일이든 해보려고 노력하는 것이 더 낫다는 뜻.

♠ 노력은 천재를 낳을 수 있어도 천재는 노력을 낳을 수 없다

☞ 뜻풀이 : 어떤 일을 이루는 데에 있어서든 천재적인 재능보다 노력이 더 필요하다는 뜻.

♠ 노인 말 틀린 데 없고 어린아이 말 거짓 없다

☞ 뜻풀이 : 노인들의 말은 오랜 경륜에서 나온 말이므로 틀린 말이 거의 없고, 어린이들은 천진무구하므로 거짓을 말하는 법이 없다는 뜻.

♠ 농사꾼에게는 나쁜 땅이 없다

☞ 뜻풀이 : 논밭을 열심히 가꾸면 나쁜 땅도 좋은 땅으로 만들어 수확을 많이 낼 수 있
다는 뜻.

♠ 눈엔 익어도 손엔 낯설다

☞ 뜻풀이 : 보기에는 아주 익숙해 보이는 일인 데도 막상 하려고 하면 자기 마음대로
잘 되지 않는다는 뜻.

♠ 눈은 뜨고 입은 다물어야 한다

☞ 뜻풀이 : 될 수 있는 한 많은 것을 보고 경험하여 견문을 넓히는 것이 중요하지만 말
만은 되도록 삼가야 하는 것이 이롭다는 뜻.

♠ 느릿느릿 걸어도 황소걸음이다

☞ 뜻풀이 : 아무리 황소처럼 느리게 걸어도 꾸준히 걸으면 생각보다 더 빨리 갈 수 있
다는 뜻.

♠ 늘 쓰는 가래는 녹이 슬지 않는다

☞ 뜻풀이 : 부지런히 힘쓰고 꾸준히 노력하는 사람은 낡거나 뒤떨어지지 않고 계속 발
전한다는 뜻.

♠ 늦게 배운 도둑질이 날 새는 줄 모른다

☞ 뜻풀이 : 어떤 일을 늦게 배운 사람이 일찍 배운 사람보다 그 일에 더 집착하고 몰두
하게 된다는 뜻.

♠ 늙은 고양이가 아랫목을 찾는다

☞ 뜻풀이 : 늙은 고양이가 쥐 잡을 생각을 하지 않고 따스한 방 아랫목을 찾아 기어든
다는 뜻으로, 나이 먹어 늙으면 게을러져서 일에 앞장서기를 꺼리고 편안
한 것을 좋아한다는 뜻.

♠ 늙은 말이 길을 안다

☞ 뜻풀이 : 사람의 연륜은 그냥 얻어지는 것이 아니듯 연륜이 있고 경험이 많으면 그
만큼 일에 대한 묘한 이치를 많이 안다는 뜻.

♠ 늙은이도 세 살 먹은 아이 말을 귀담아들어라

☞ 뜻풀이 : 지견은 반드시 연령에 따르지 않는다는 뜻으로 아랫사람에게도 듣고 배울
만한 것이 있으면 듣고 배워야 한다는 뜻.

♠ 늦참 자는 놈 치고 잘 사는 놈 못 봤다

☞ 뜻풀이 : 남보다 게으르고 노력하지 않는 사람은 남보다 못살기 마련이라는 뜻.

♠ 도둑질 빼고 다 배워라

☞ 뜻풀이 : 배우면 배울수록 자신의 발전에 도움이 되므로 될 수 있는 한 다양한 경험
과 기술을 습득하기 위해 노력해야 한다는 뜻.

♠ 독서를 하면 옛 사람과도 벗이 된다

☞ 뜻풀이 : 책을 많이 읽으면 그 책을 쓴 옛 선인들의 생각과 뜻을 알 수 있게 되고, 책
을 통해 과거의 선인들과 정신적 교감을 할 수 있다는 뜻.

♠ 돈 모아 줄 생각 말고 자식 글 가르쳐라

☞ 뜻풀이 : 사람이 잘 되고 못 되고는 돈이 아니라 지식과 능력에 달려 있으므로 돈을 모아서 자식에게 유산을 물려줄 생각하지 말고 차라리 공부를 시키라는 뜻.

♠ 돌은 갈아도 옥이 되지 않는다

☞ 뜻풀이 : 돌은 아무리 갈고 닦아도 옥이 될 수 없는 것처럼 악한 사람은 아무리 옆에서 타이르고 가르쳐도 선한 사람이 되기 어렵다는 뜻.

♠ 되 글을 가지고 말 글로 써먹는다

☞ 뜻풀이 : 그리 많이 배우지 못한 사람이 자신의 낮은 지식을 많이 배운 사람 못지않게 써먹는다는 말로 짧은 배움을 가지고 아는 척하려 하거나 많이 배운 사람 못지않게 짧은 배움을 최대한 활용한다는 뜻.

♠ 듣기 싫은 말은 약이고 듣기 좋은 말은 병이다

☞ 뜻풀이 : 충고하는 말은 듣기 싫지만 자기에게 이롭고 아부하는 말은 듣기에는 좋지만 실제로는 자기에게 해로운 말이라는 뜻.

♠ 들지 않는 솜틀은 소리만 요란하다

☞ 뜻풀이 : 아는 바가 적고 능력이 별로 뛰어나지 못한 사람일수록 오히려 말만 실속 없이 많다는 뜻.

♠ 딸을 잘 두면 한 집이 잘 되고 잘못 두면 두 집이 망한다

☞ 뜻풀이 : 딸을 잘못 교육시키면 친정은 물론 시댁까지 망하게 되므로 딸자식의 교육이 중요하다는 뜻.

♠ 마소의 새끼는 시골로 사람의 새끼는 서울로
☞ 뜻풀이 : 사람은 크고 좋은 환경에서 자라고 배워야 견문을 넓힐 수 있다는 뜻.

♠ 많이 생각하고 적게 말하고 더 적게 써라
☞ 뜻풀이 : 말과 행동을 하기에 앞서 먼저 생각을 충분히 해야 한다는 뜻.

♠ 말로 배워 되로 풀어먹는다
☞ 뜻풀이 : 공을 들여 학문을 닦았으나 자신이 배운 것을 활용하거나 이용할 줄 모르
는 사람이라는 말.

♠ 말을 낳거든 시골로 보내고 아이를 낳거든 공자의 문
으로 보내라
☞ 뜻풀이 : 자식을 낳으면 자식의 교육에 힘을 쓰라는 뜻.

♠ 맥도 모르고 침통 흔든다
☞ 뜻풀이 : 알지도 못하면서 잘난 체하고 아는 척하는 어리석은 사람을 이르는 말.

♠ 무식한 놈에게는 주먹다짐이 약이다
☞ 뜻풀이 : 무식한 사람은 말이 통하지 않기 때문에 무력으로라도 강제로 시켜야 한다는 뜻.

♠ 무식한 놈이 먼저 나선다
☞ 뜻풀이 : 아무 것도 모르는 사람일수록 두려움이 없기 때문에 어떤 일이든 겁없이
앞장서서 하게 된다는 뜻.

♠ 무식한 도깨비는 부적도 모른다

☞ 뜻풀이 : 응당 알아야 할 가장 중요한 것도 모르는 무식한 사람을 이르는 말.

♠ 묻기는 쉬워도 대답은 어렵다

☞ 뜻풀이 : 모르는 것을 다른 사람에게 질문하기는 쉬운 일이지만 다른 사람으로부터 질문을 받았을 때 적절한 답을 해주기는 쉽지 않다는 뜻.

♠ 묻기를 좋아하면 넉넉하다

☞ 뜻풀이 : 매사에 호기심을 가지고 질문하기를 즐겨하는 사람은 그만큼 얻어들은 견식이 많아 지식이 풍부해지고 깊어지게 된다는 뜻.

♠ 묻는 것은 일시의 수치요, 모르는 것은 일생의 수치다

☞ 뜻풀이 : 모르는 사실에 대해서 물을 때는 그 당시만 잠시 부끄럽고 자신이 몰랐던 지식을 얻게 되지만 모르는 것을 묻지 않고 그대로 넘어가면 계속 그 사실을 모르는 것이므로 평생의 수치로 남게 된다는 뜻.

♠ 물고기가 물을 만난 격이다

☞ 뜻풀이 : 물고기를 물에서 건져내면 꿈쩍할 수 없지만 다시 물 속에 넣어 주면 자유롭게 헤엄쳐 다니듯, 자신에게 맞는 분야에서 능력을 발휘할 때 쓰이는 말.

♠ 물고기도 큰 강물에 노는 놈이 더 크다

☞ 뜻풀이 : 좋은 환경과 조건에서 사는 물고기가 더 크다는 뜻으로, 일반적으로 좋은 집안과 환경에서 사는 사람이 더 좋은 것을 보고 듣고 느끼고 받아들일 기회가 많기 때문에 생각하는 바가 더 크고 넓다는 뜻.

♠ 물도 고인 물이 썩는다

☞ 뜻풀이 : 흐르는 물은 결코 썩지 않지만 고인 물은 썩게 되듯이 사람도 활동을 하지
않거나 노력하지 않으면 쉽게 나약해지고 도태된다는 뜻.

♠ 물이 깊을수록 소리가 없다

☞ 뜻풀이 : 깊은 물은 오히려 소리 없이 흐르는 것과 같이 덕 있고 사려 깊은 사람은
겉으로 떠벌리고 잘난 체하거나 뽐내거나 하지 않는다는 뜻.

♠ 바느질 못 하는 여자가 실은 길게 꿴다

☞ 뜻풀이 : 게으르거나 일에 능숙하지 못한 사람일수록 좋은 도구만 찾는다는 뜻.

♠ 바다에 가야 큰 고기도 잡는다

☞ 뜻풀이 : 큰 바다에 큰 고기가 많듯이 사람 역시 큰 포부를 품고 있어야 큰 일을 이
룰 수 있다는 뜻.

♠ 밭 갈 줄 모르고 소 멍에 나무란다

☞ 뜻풀이 : 자기의 능력이나 기술이 모자라는 것은 생각지 않고 객관적인 조건만 탓한
다는 뜻.

♠ 배움 길에는 지름길이 없다

☞ 뜻풀이 : 학문은 착실히 순서대로 공부해 나가야지 다른 방법이 없다는 말.

♠ 백년지계는 막여수인

☞ 뜻풀이 : 백 년을 위한 계획으로는 사람을 양육하는 것이 가장 좋다는 뜻.

♠ 백문이 불여일견
☞ 뜻풀이 : 백 번 듣는 것이 한 번 보는 것만 못하다는 뜻으로 무슨 일이든지 실제로
몸소 경험해 보아야 한다는 뜻.

♠ 벼는 익을수록 고개를 숙인다
☞ 뜻풀이 : 학식이나 교양이 있고 수양을 쌓은 사람일수록 자만하거나 거만하지 않고
오히려 겸손하다는 뜻.

♠ 벼룩 눈에는 사람 손가락이 하나밖에는 안 보인다
☞ 뜻풀이 : 견문이 좁은 사람은 어떤 현상에 대해 시야와 사고가 좁아서 폭넓게 인식
하거나 생각하기 어렵다는 뜻.

♠ 보는 바가 크면 이루는 바가 크다
☞ 뜻풀이 : 모든 것을 넓게 보는 안목이 있어야 더 크게 볼 수 있고 큰 결과를 이룰 수
있다는 뜻.

♠ 보석도 닦아야 빛이 난다
☞ 뜻풀이 : 아무리 귀한 보석이라도 닦아야만 그 빛과 진가가 나타나듯이 사람 또한
끊임없이 자기 수양과 단련을 해야만 자신의 진가를 발휘할 수 있다는 뜻.

♠ 봄에 꽃이 피지 않으면 가을에 열매가 열리지 않는다
☞ 뜻풀이 : 젊은 시절에 학문에 전념하지 않고 게으르면 후에 입신출세하기 어렵다는 뜻.

♠ 봄에 하루를 놀면 겨울에 열흘 굶는다
☞ 뜻풀이 : 농사에서 가장 귀중한 봄날에 하루 게으름을 부리면 그만큼 농사가 안 되어 열흘을 굶듯이 학업에 충실해야 할 젊은 시절에 학업을 게을리 하면 노후가 고달프다는 뜻.

♠ 부잣집도 거지집에서 얻어 오는 것이 있다
☞ 뜻풀이 : 부자라고 해도 없는 것이 있어 거지에게 얻어 올 것이 있듯이 학식을 많이 갖춘 사람이라도 못 배운 사람에게서 배울 것이 있다는 뜻.

♠ 부지런한 물방아는 얼 새도 없다
☞ 뜻풀이 : 멈추지 않고 부지런히 돌아가는 물방아는 추워도 얼어붙을 새가 없듯이 부지런해야 탈이 없고 모든 일이 순조롭게 진행된다는 뜻.

♠ 뿌리 깊은 나무가 가뭄을 안 탄다
☞ 뜻풀이 : 뿌리가 깊이 땅에 박힌 나무는 가뭄을 타지 않아 말라죽는 일이 없듯이 무엇이나 근원이 깊고 튼튼하면 오래 견딘다는 뜻.

♠ 북을 칠수록 소리난다
☞ 뜻풀이 : 하면 할수록 조짐이 점점 더 강하게 나타남을 이르는 말.

♠ 비 오는 날 얼음 팔러 가듯
☞ 뜻풀이 : 비오는 날은 선선하여 얼음이 필요 없고 얼음이 비를 맞아 녹아 내리는 것을 모른다는 말, 즉 어떤 일을 함에 있어 그 적당한 시기를 맞춰야 한다는 말.

♠ 빈 수레가 더 요란하다

☞ 뜻풀이 : 별로 아는 것도 없고 실속이 없는 사람이 오히려 더 나서서 요란스럽게 잘 난 체 한다는 뜻.

♠ 빠른 말이 뛰면 굼뜬 소도 간다

☞ 뜻풀이 : 아무리 느릿느릿한 사람이라도 일 잘 하는 사람과 함께 일하게 되면 자연히 그를 따라가게 된다는 뜻.

♠ 사람은 가난하면 무식하고 말은 마르면 털이 길어진다

☞ 뜻풀이 : 집안이 너무 가난하고 궁색하면 공부할 기회를 얻기 힘들기 때문에 유식해 질 수가 없다는 뜻.

♠ 사람은 작게 낳아 크게 길러야 한다

☞ 뜻풀이 : 사람은 크게 낳다고 해서 나중에 큰 사람이 되는 것이 아니라 잘 키워야 큰 사람이 된다는 뜻으로 교육을 잘 시키는 것이 중요하다는 뜻.

♠ 사람은 죽으면 이름을 남기고 호랑이는 죽으면 가죽을 남긴다

☞ 뜻풀이 : 사람이 살아서 훌륭한 일을 하면 이름이 후세에까지 남게 된다는 뜻.

♠ 사흘 책을 안 읽으면 머리에 곰팡이가 슨다

☞ 뜻풀이 : 책을 읽지 않으면 머리가 낡아지므로 항상 책을 가까이해야 한다는 뜻.

♠ 산이 높아야 골이 깊다

☞ 뜻풀이 : 높은 뜻을 품고 있어야 가지고 있는 생각도 크고 훌륭하다는 뜻.

♠ 상놈은 발로 살고 양반은 글로 산다

☞ 뜻풀이 : 가난한 사람은 달리 배운 것이 없어 육체적인 노동을 하며 부지런히 일해
야 먹고 살 수 있지만 양반은 공부를 많이 해야 높은 벼슬의 관리로 나아갈
수 있다는 뜻.

♠ 서당 개 삼 년이면 풍월을 읊는다

☞ 뜻풀이 : 배우지 못해 무식한 사람일지라도 박학다식한 사람들과 오래 상종하게 되
면 그 무리 속에서 자연히 자신 또한 유식해진다는 뜻.

♠ 서당 선생 똥은 개도 안 먹는다

☞ 뜻풀이 : 누군가를 가르친다는 것은 매우 힘든 일이어서 아이들을 가르치는 훈장은
속이 썩을 대로 썩어 있다는 뜻.

♠ 서투른 무당이 장고만 나무란다

☞ 뜻풀이 : 어떤 일에 서투른 사람은 자기의 부족한 능력으로 일이 진행되지 못함은
인식하지 못하고 자신이 쓰는 도구만 나쁘다고 탓한다는 뜻.

♠ 선무당이 사람 잡는다

☞ 뜻풀이 : 실력이나 기술 따위가 미숙한 사람이 잘 하는 체하다가 오히려 일을 그르
쳐 놓는다는 뜻.

♠ 세 살 버릇 여든 간다

☞ 뜻풀이 : 어릴 때의 몸에 밴 버릇은 나이를 먹어도 고치기 어렵다는 뜻으로 어릴 때
부터 아이들의 버릇을 잘 가르쳐야 한다는 뜻.

♠ 세월은 가면 돌아오지 않는다

☞ 뜻풀이 : 세월은 한번 지나가고 나면 돌이킬 수 없는 것이므로 사람은 주어진 시간에 충실한 삶을 살아가야 한다는 뜻.

♠ 소리개도 오래면 꿩을 잡는다

☞ 뜻풀이 : 한 가지 일을 오랫동안 계속하여 경력을 쌓으면 재주 없는 사람도 결국에는 정통하게 된다는 뜻.

♠ 쑥도 삼 밭에서 저절로 곧아진다

☞ 뜻풀이 : 아무리 성격이 포악하고 거친 사람일지라도 선하고 곧은 사람들 속에서 지내게 되면 그 성격이 곧아지고 착하게 된다는 뜻.

♠ 아는 것이 병이다

☞ 뜻풀이 : 알기는 알아도 그 사실을 정확히 잘 알고 있는 것이 아니기 때문에 그 지식이 오히려 걱정거리가 된다는 뜻.

♠ 아는 것이 힘이다

☞ 뜻풀이 : 일이란 그에 관련된 지식이 많아야 합리적으로 잘 할 수 있는 것이므로 젊었을 때 쉬지 말고 열심히 공부를 하여 학식을 쌓아야 한다는 뜻.

♠ 아는 사람은 모르는 사람의 종이다

☞ 뜻풀이 : 박학다식하게 아는 것이 많은 사람은 모르고 있는 사람을 늘 지도해 주고 인도해 주어야 할 입장이므로 아는 것이 오히려 불편할 때가 많다는 뜻.

♠ 아는 체하지 말고 모르는 체하지 말라

☞ 뜻풀이 : 사람은 누구에게나 겸손하고 진술해야 한다는 뜻.

♠ 아이는 작게 낳아서 크게 길러라

☞ 뜻풀이 : 아이 낳을 때 크고 작은 것에 상관없이 잘 자라서 큰 사람이 되게 기르라는 뜻.

♠ 악인 갖다 성인 만들려면 만들고, 성인 갖다 악인 만들 수도 있다

☞ 뜻풀이 : 사람은 가르치기에 따라 잘도 되고 나쁘게도 될 수 있으므로 사람의 환경과 교육이 그만큼 중요하다는 뜻.

♠ 앉은 영웅이 없다

☞ 뜻풀이 : 제아무리 뛰어난 인물이라도 노력하지 않고 활동하지 않고는 성공할 수 없다는 뜻.

♠ 어깨 너머 문장

☞ 뜻풀이 : 다른 사람이 배우는 옆에서 얻어들어 배운 견문과 학식으로 훌륭하게 공부한 사람을 이르는 말.

♠ 어려서 고생은 금 주고도 못 산다

☞ 뜻풀이 : 젊어서 고생하여 부지런히 노력하여 배우면 뒷날 그 보상을 충분히 환원받을 수 있을 것이므로, 그 고생을 참고 달게 여기라는 뜻.

♠ 어리석은 놈도 잠자코 있으면 똑똑해 보인다

☞ 뜻풀이 : 아무 것도 모르면 차라리 입을 다물고 침묵을 지키고 있는 것이 모르면서도 아는 척하는 것보다 더 낫다는 뜻.

♠ 어린아이 예뻐 말고 겨드랑 밑이나 잡아 주어라
☞ 뜻풀이 : 아이들을 진심으로 사랑한다면 그저 뜻만 받아주고 귀여워만 할 것이 아니라 잘 가르쳐 주라는 뜻.

♠ 어린아이 말도 귀담아 들어라
☞ 뜻풀이 : 그냥 듣고 흘려버릴 수 있는 아이들의 말 중에도 이치에 옳은 말이 많이 있으므로 항상 귀담아 들어야 한다는 뜻.

♠ 어릴 때 굽은 길맛가지
☞ 뜻풀이 : 길맛가지는 마소에 짐을 실을 때 얹는 안장에 있는, 세모로 구부러진 나무를 말하며, 좋지 않은 버릇이 아주 어렸을 때부터 몸에 배어 굳어져 다시 고칠 수 없음을 이르는 말.

♠ 얻어들은 풍월이다
☞ 뜻풀이 : 공부를 체계적으로 해서 얻은 지식이 아니라 여기저기서 귀동냥으로 대강 들어서 얻은 지식이라는 뜻.

♠ 열을 듣고 하나도 모른다
☞ 뜻풀이 : 많은 것을 듣고 배우고도 그 중 하나도 이해하지 못할 정도로 매우 우둔하다는 뜻.

♠ 옥도 닦아야 제 빛을 낸다
☞ 뜻풀이 : 아무리 선천적으로 똑똑한 사람이라 할지라도 배움을 게을리 하게 되면 자기의 능력을 맘껏 발휘할 수 없다는 뜻.

♠ 왕대밭에 왕대 나고 쑥대밭에 쑥대 난다
　☞ 뜻풀이 : 지체 있고 훌륭한 명문 가문에서 훌륭한 인물이 나고 천한 가문에서는 천한 사람 난다는 뜻.

♠ 왕후 장상이 씨가 있나
　☞ 뜻풀이 : 높은 자리에 오르는 것은 가계나 혈통에 따라서 되는 것이 아니라, 노력하기만 하면 누구나 그렇게 될 수 있다는 말.

♠ 요순 아들이라고 반드시 요순 되는 것 아니다
　☞ 뜻풀이 : 인간은 다 자기 노력 여하에 따라서 미래가 정해지는 것이지 부모가 훌륭한 사람이라고 해서 아들도 더불어 훌륭한 인물이 되는 것은 아니라는 뜻.

♠ 우물 안 개구리다
　☞ 뜻풀이 : 세상 물정에 눈이 어둡고 견문이 매우 좁은 사람을 이르는 말.

♠ 우물을 파도 한 우물을 파라
　☞ 뜻풀이 : 무슨 일이나 한 가지 일을 끝까지 밀고 나가야 성공할 수 있다는 뜻.

♠ 육갑도 모르고 산통 흔든다
　☞ 뜻풀이 : 가장 상식적이고 기본적인 것도 알지 못하면서 함부로 나서서 아는 척하며 설친다는 뜻.

♠ 이마에 땀을 내고 먹어라
　☞ 뜻풀이 : 노력한 만큼의 열매를 열어야 하는 것이 사람의 할 일이나 노력은 하지 않고 주로 먹고 노는 사람을 비난하여 이르는 말.

♠ 인삼 녹용도 배부른 뒤에야 약이 된다

☞ 뜻풀이 : 아무리 훌륭한 대책도 필요한 조건이 갖추어져 있어야만 비로소 자기 효과를 나타낼 수 있다는 뜻.

♠ 인재는 나이 먹은 사람을 써라

☞ 뜻풀이 : 나이는 그냥 먹는 것이 아니라 삶의 경험을 통해 아는 것이 많으므로 사람을 쓸 때에는 나이 많은 사람을 고르라는 말.

♠ 장가는 얕이 들고 시집은 높이 가랬다

☞ 뜻풀이 : 아내로는 가난하지만 가정 교육을 잘 받은 여자를 택하는 것이 좋고, 남편감으로는 가문 있는 배운 집 자식이 좋다는 뜻.

♠ 재간을 뱃속에서부터 배우겠나

☞ 뜻풀이 : 사람의 재간이란 선천적으로 타고난 것이 아니며, 무엇이나 노력하면 된다는 뜻.

♠ 재는 넘을수록 높고, 내는 건널수록 깊다

☞ 뜻풀이 : 일이나 학업은 정진할수록 점점 더 힘들고 어려워지기 때문에 어떤 일이고 간에 그 정상을 차지하기란 여간 어려운 일이 아니라는 뜻.

♠ 재주가 근면만 못하다

☞ 뜻풀이 : 재주가 남달리 뛰어난 사람이라고 할지라도 자기 자신의 재주만 믿으면 나태해지기 쉬우므로 오히려 재주는 별로 없더라도 꾸준히 노력하는 사람이 더 나을 수가 있다는 뜻.

♠ 재주는 장에 가도 못 산다
☞ 뜻풀이 : 재주는 물건을 사듯 시장에 가서 살 수 있는 것이 아니므로 배우고 익혀서 능력을 키워 나가야 한다는 뜻.

♠ 재주를 다 배우니 눈이 어둡다
☞ 뜻풀이 : 오랫동안 애써 기술을 배워 익혔으나, 이미 나이가 많아서 그 기술을 활용하지 못하게 되었음을 이르는 말.

♠ 젊어 게으름은 늙어 고생이다
☞ 뜻풀이 : 일을 왕성히 할 수 있는 젊은 시절에 게으름을 피우고 그 귀한 시기를 허송세월로 보내면 나이 들어서는 모아둔 재산도 변변히 없어 고생을 면할 수 없게 된다는 뜻.

♠ 제 버릇 개 못 준다
☞ 뜻풀이 : 한번 몸에 밴 습성을 고치기가 매우 어렵다는 뜻.

♠ 조밥도 많이 먹으면 배부르다
☞ 뜻풀이 : 적은 양이라도 그것들이 모이면 커지듯 어떤 일이나 학업에 꾸준히 노력하면 그것이 나중에 모여 큰 지식이나 성과가 된다는 뜻.

♠ 좋은 약은 입에 쓰다
☞ 뜻풀이 : 좋은 약이 입에 쓰듯이, 충고를 듣는 것은 싫은 일이지만 아무리 듣기 싫은 충고라 할지라도 항상 겸허히 받아들일 줄 아는 지혜가 필요하다는 뜻.

♠ 주색에는 선생이 없다

☞ 뜻풀이 : 남자들은 술을 마시고 색을 밝히는 것을 특별히 배우지 않아도 저절로 터득하게 된다는 뜻.

♠ 죽어 보아야 저승을 알지

☞ 뜻풀이 : 무슨 일이든지 자신이 직접 경험을 해 보아야 그 진상을 알 수 있다는 뜻.

♠ 죽을 때까지 배워도 다 배우지 못한다

☞ 뜻풀이 : 세상에는 배울 것이 무한하며 배움에는 한계와 끝이 없으므로 학습을 중단함이 없이 계속해야 한다는 뜻.

♠ 지랄만 빼놓고 세상의 온갖 재간 다 배워 두랬다

☞ 뜻풀이 : 나쁜 짓이나 기술만 빼놓고는 세상에서 배울 수 있는 모든 재간을 다 배워두면 언젠가는 쓸모가 있다는 뜻.

♠ 지혜는 늙은이에게서 힘은 젊은이에게서 빌려야 한다

☞ 뜻풀이 : 나이 든 사람은 살면서 겪은 오랜 경험과 연륜으로 인해 삶의 지혜가 풍부하고 젊은 사람은 혈기가 왕성해서 힘쓰는 일에 도움이 된다는 뜻.

♠ 척하면 삼천리다

☞ 뜻풀이 : 상대방의 눈치만 보아도 그가 생각하는 것을 대충 짐작할 수 있다는 뜻.

♠ 첫 새벽 문을 열면 오복이 들어온다

☞ 뜻풀이 : 게으름을 부리지 말고 아침 일찍 일어나 부지런히 일하라는 것을 가르쳐 이르는 말로 다른 이들보다 더 부지런히 공부하고 일하라는 뜻.

♠ 총 쏠 줄 모르는 사람은 총 타박만 한다
☞ 뜻풀이 : 일에서 자기 능력이 부족한 것만큼 더 깊이 연구하고 어떻게 해서든지 자신이 맡은 일을 해내기 위하여 적극적으로 노력은 하지 않고, 객관적인 조건만 탓한다는 뜻.

♠ 티끌 모아 태산 된다
☞ 뜻풀이 : 티끌만큼 작은 것이라 할지라도 지속적으로 꾸준히 모으면 큰 것이 될 수 있듯이 공부도 꾸준히 열심히 하면 큰 자산이 될 수 있다는 뜻.

♠ 풀을 베기 싫어하는 놈이 풀 단만 센다
☞ 뜻풀이 : 게으른 사람은 일이나 공부는 하지 않고 속으로 남은 양만 계산하고 있다는 뜻.

♠ 하나는 알고 둘은 모른다
☞ 뜻풀이 : 견문이 좁은 사람은 전체에 대해서는 잘 알지 못하고 단순한 한 가지 것에 대해서만 안다는 뜻.

♠ 하나를 알아야 열을 안다
☞ 뜻풀이 : 갑자기 한꺼번에 지식을 풍부하게 갖출 수는 없는 것이므로 하나하나 작은 것으로부터 차근차근 지식을 쌓아 나가야 한다는 뜻.

♠ 하늘을 보아야 별을 따지
☞ 뜻풀이 : 어떤 일이든지 성과를 얻으려면 노력과 정성을 들여야 하고 거기에는 선행되는 원인이 있어야 한다는 뜻.

♠ 하늘 천 자부터 시작하라
☞ 뜻풀이 : 어떤 일이든지 맨 처음부터 차근차근 시작하라는 뜻.

♠ 하늘 천(天) 하면 검을 현(玄) 한다

☞ 뜻풀이 : 이해력이 빨라 하나를 가르쳐 주면 둘, 셋을 앞질러 이해한다는 뜻.

♠ 하늘에 올라가야 별을 따지

☞ 뜻풀이 : 하늘에 가지 못하고 어떻게 별을 딸 수 있을까? 노력과 원인 없이 결과는 얻을 수 없다는 뜻.

♠ 하루 비둘기 재를 못 넘는다

☞ 뜻풀이 : 자신의 힘과 재능이 부족한 자가 공연히 자만심을 갖는 것을 경계하는 말.

♠ 학문에는 왕도가 없다

☞ 뜻풀이 : 학문을 배움에는 어떤 특정한 방법이나 쉽게 터득하거나 지름길이 없다는 말.

♠ 한 귀로 듣고 한 귀로 흘린다

☞ 뜻풀이 : 다른 사람의 말이나 의견을 주의 깊게 듣지 않고 무관심한 태도를 보인다는 뜻.

♠ 한 자를 가르쳐 주자면 천 자를 알아야 한다

☞ 뜻풀이 : 글자 한 자를 가르쳐 주자면 그와 관련되는 여러 글자를 알아야 하므로 남을 가르치려면 가르치려는 지식보다 더 넓고 깊은 지식을 가져야 함을 이르는 말.

♠ 한 치 앞도 모른다

☞ 뜻풀이 : 견문이 너무 없어서 앞에 다가올 일을 전혀 예측하지 못하는 것을 두고 하는 말.

♠ 햇비둘기 재 넘을까

☞ 뜻풀이 : 갓 알에서 깬 비둘기가 재를 넘을 수 없듯이 어떤 일이나 분야에서 경험이
나 지식이 얕은 사람은 큰 일을 하지 못한다는 뜻.

♠ 호랑이도 제 숲만 떠나면 두리번거린다

☞ 뜻풀이 : 자기가 맡은 분야의 일에 능숙한 사람도 그 분야를 떠나 새로운 분야를 접
하게 되면 생소하고 서툴다는 뜻.

♠ 홈통은 썩지 않는다

☞ 뜻풀이 : 무슨 일이든지 쉬지 않고 부지런히 해야 실수가 없고 탈이 안 생기며, 가만
묵혀 두는 물건은 썩는 법이니 항상 활용을 잘 하라는 뜻.

♠ 황금 천 냥이 자식 교육만 못하다

☞ 뜻풀이 : 자식에게 큰 재산을 물려주는 것보다 차라리 자식의 교육에 힘쓰는 것이 자
식의 미래에 더 큰 자산이 될 수 있으므로 자식 교육이 아주 중요하다는 뜻.

♠ 흐르는 물은 썩지 않는다

☞ 뜻풀이 : 한 곳에 오래 머물러 있는 물은 썩지만 계속해서 흐르는 물은 썩지 않듯이
사람도 계속해서 활동을 하게 되면 건강이나 실력이 나빠지지 않는다는 뜻.

난관에 부딪히면 인내하며 뜻을 관철한다 제2부

난관에 부딪히면
인내하며 뜻을 관철한다
— 채근담

♠ 가뭄에 단비

  ☞ 뜻풀이 : 가뭄 때문에 곡식이 다 말라갈 때에 기다리던 비가 때 맞추어 내리는 듯,
     기다리고 바라고 있던 일이 마침내 이루어짐을 이르는 말.

♠ 감나무 밑에 누워도 삿갓 미사리를 대야 한다

  ☞ 뜻풀이 : 자신의 환경이나 처지가 아무리 좋더라도 노력을 하지 않으면 자신의 목적
     을 이룰 수 없으므로 노력을 해야 한다는 뜻.

♠ 감옥살이에도 웃을 날이 있다

  ☞ 뜻풀이 : 아무리 힘들고 고생스런 생활 가운데서도 좋은 일은 종종 생길 수 있다는 뜻.

♠ 갓 마흔에 첫 버선

☞ 뜻풀이 : 마흔 살이 되어서야 처음으로 버선을 신어 본다는 말로, 오랫동안 고대하던 일이 뒤늦게 이루어졌다는 뜻.

♠ 개같이 벌어서 정승같이 쓴다

☞ 뜻풀이 : 어떤 일을 하여 돈을 버느냐가 중요한 것이 아니라, 아무리 천하고 힘든 일을 하더라도 그렇게 번 돈으로 보람 있고 뜻 있게 살면 된다는 뜻.

♠ 개구리가 주저앉는 뜻은 멀리 뛰자는 뜻이라

☞ 뜻풀이 : 개구리의 주저앉은 모습은 예쁘지는 않지만 더 높이 뛰어오르기 위해서 하는 행동이듯이 큰 일을 이루기 위한 준비 태세는 어리석고 못나게 보일 수도 있으나 그것은 큰 일을 하기 위함이라는 뜻.

♠ 고량진미 맛좋은 음식도 나물국부터 먹기 시작해야 한다

☞ 뜻풀이 : 음식도 맛이 있는지 없는지는 먹어 보아야 알 수 있듯이 고생을 해본 사람만이 행복의 진정한 의미를 깨달을 수 있다는 뜻.

♠ 고생 끝에 낙이 온다

☞ 뜻풀이 : 고생을 한 끝에 그 보람으로 큰 기쁨을 얻을 수 있는 일이 온다는 뜻.

♠ 공든 탑이 무너지랴

☞ 뜻풀이 : 정성을 다해 해 놓은 일은 결코 무너짐이 없이 반드시 좋은 결실을 거두게 된다는 말.

♠ 구더기 무서워 장 못 담글까

☞ 뜻풀이 : 반드시 해야 할 일은 사소한 어려움이나 방해에 흔들리지 않고 굳건하게
관철해 나가야 한다는 뜻.

♠ 꽁지 빠진 꿩이다

☞ 뜻풀이 : 어떤 일에 몹시 지쳤거나 어떤 싸움에서 져서 그 모습이 매우 흉하고 초라
하다는 뜻.

♠ 낙엽도 가을이 한철이다

☞ 뜻풀이 : 좋은 기회는 언제나 있는 것이 아니라 어떤 일이든 그 시기가 따로 있다는 뜻.

♠ 냉수 한 그릇 떠놓고 제사를 지내도 제 정성

☞ 뜻풀이 : 형식은 어떻든 성의만 있으면 그만이라는 뜻.

♠ 노루를 피하니 호랑이가 나온다

☞ 뜻풀이 : 어려운 고난을 겨우 이겨냈다 싶었더니 더 큰 고비가 눈앞에 기다리고 있
다는 뜻.

♠ 누울 자리 봐 가며 발 뻗는다

☞ 뜻풀이 : 어떤 일을 시작하기 전에 먼저 그 일의 결과도 미리 생각해 보고 시작해야
한다는 뜻.

♠ 느린 걸음이 잰걸음

☞ 뜻풀이 : 어떠한 일을 함에 있어 그 일을 천천히 정확하게 하는 것이 급하게 서두르
다 실수를 하는 것보다 결과적으로 능률적이고 성과가 더 좋다는 뜻.

♠ 단맛 쓴맛 다 보았다
☞ 뜻풀이 : 세상의 모든 인생 고락을 다 겪어 보았다는 뜻.

♠ 대기만성이다
☞ 뜻풀이 : 큰 그릇이 만들어지기까지 더 오랜 시간이 걸리는 것처럼 큰 인물은 짧은
시간에 이루어지지 않고 늦게 이루어진다는 뜻.

♠ 대 끝에서 삼 년이다
☞ 뜻풀이 : 위험천만한 대나무 끝에서도 삼 년을 견딘 것처럼 어려운 상황에서도 인내
하며 견디어 나간다는 뜻.

♠ 돌도 십 년을 보고 있으면 구멍이 뚫린다
☞ 뜻풀이 : 어떠한 일이든지 오랜 기간 동안 끊임없이 노력하면 이루어지지 않을 일이
없다는 뜻.

♠ 두부 먹다 이 빠진다
☞ 뜻풀이 : 마음 놓은 데서 실수가 생긴다는 말로 틀림없는 상황에서 뜻밖의 실수가
있을 때 이르는 말.

♠ 땅에서 넘어진 사람은 땅을 짚어야 일어난다
☞ 뜻풀이 : 땅에 넘어진 사람은 근본적으로 땅을 짚어야 다시 일어설 수 있듯이 어떤
일에 실패한 사람은 포기하지 말고 그 일을 밀고 나가야 성공을 할 수 있게
된다는 뜻.

♠ 마루 밑에도 볕 들 때가 있다
☞ 뜻풀이 : 때를 기다리노라면 언젠가는 마침내 일이 이루어지는 날이 꼭 온다는 뜻.

♠ 마른 나무 꺾듯 한다

☞ 뜻풀이 : 일을 순리와 차례에 맞게 하는 것이 아니라 단번에 쉽게 해치운다는 뜻.

♠ 마음 한 번 잘 먹으면 북두칠성이 굽어본다

☞ 뜻풀이 : 마음을 선하고 바르게 쓰면 신명도 그 마음을 헤아려 보살펴 준다.

♠ 막다른 골목으로 쫓긴 짐승이 개구멍을 찾아 헤매듯

☞ 뜻풀이 : 막다른 경우에 이르면 그 상황에서 헤어 나오기 위해 작은 가능성이라도 찾아 헤맨다는 뜻.

♠ 막다른 골이 되면 돌아선다

☞ 뜻풀이 : 막상 다급한 상황을 맞닥뜨리게 되면 또 다른 계교가 생긴다는 뜻.

♠ 명 짧아 죽은 무덤은 있어도 서러워 죽은 무덤은 없다

☞ 뜻풀이 : 무덤이 아무리 많아도 서러워서 죽은 사람의 무덤은 없다는 뜻.

♠ 무쇠도 갈면 바늘이 된다

☞ 뜻풀이 : 제 아무리 어렵고 어려운 일일지라도 굳은 의지를 가지고 꾸준히 노력하면 이루지 못할 것이 없다는 뜻.

♠ 물에 빠져도 정신을 차려야 한다

☞ 뜻풀이 : 아무리 어렵고 다급한 경우에 처해 있더라도 정신을 바짝 차리고 용기를 내면 살아날 방법이 있다는 뜻.

♠ 물에 빠지면 지푸라기라도 움켜쥔다

☞ 뜻풀이 : 위급한 일을 당하면 별로 도움이 되지 않는 것까지도 아무거나 닥치는 대로 잡고 늘어지고 본다는 뜻.

♠ 물에 빠진 생쥐

☞ 뜻풀이 : 물에 푹 빠져 몸이 전부 젖었거나 불행이 닥쳐와 헤어 나오지 못하고 기력이 빠진 채 꿈쩍도 하지 않음을 이르는 말.

♠ 미끄러진 김에 쉬어 간다

☞ 뜻풀이 : 잘못된 기회를 이용하여 도리어 자기에게 유리한 쪽으로 유효 적절하게 활용한다는 뜻.

♠ 믿는 도끼에 발등 찍힌다

☞ 뜻풀이 : 잘 되려니 믿고 있던 일이 갑자기 뜻밖의 재난으로 인해 타격을 받게 되거나 믿고 있던 사람으로부터 오히려 배반을 당하게 되는 경우를 이르는 말.

♠ 밑져야 본전

☞ 뜻풀이 : 어떤 일을 하다가 혹시 일이 잘못되어 손해를 보게 된다 하더라도 본전은 남을 것이니 한번 해 보아야 한다는 뜻.

♠ 바람 앞에 등불

☞ 뜻풀이 : 세찬 바람 앞에 놓인 등불이 꺼질 위험이 크듯이 몹시 위태로운 처지에 놓인 상태를 이르는 말.

♠ 바람은 바위를 흔들지 못한다

☞ 뜻풀이 : 기본 마음가짐이 바로 서 있으면 어떤 고난에도 굴복하지 않고 이긴다는 뜻.

♠ 발등에 불이 떨어진다

☞ 뜻풀이 : 몹시 절박하고 급박한 일이 닥쳤다는 뜻.

♠ 발등의 불을 끈다

☞ 뜻풀이 : 눈앞에 닥친 어려움을 처리하여 해결한다는 뜻.

♠ 발은 땅에 있어도 뜻은 구름 위에 있다

☞ 뜻풀이 : 현재는 별로 변변찮은 위치에 있지만 포부만큼은 원대하게 가지고 있다는 뜻.

♠ 방귀가 잦으면 똥 싸기 쉽다

☞ 뜻풀이 : 어떤 일이든지 이상한 조짐이 계속 나타나면 큰일이 날 수 있으니 주의해야 한다는 뜻.

♠ 배수진을 친다

☞ 뜻풀이 : 잘못된 일에 위험을 무릅쓰고 끝장이 날 때까지 있는 힘을 다하여 대항한다는 뜻.

♠ 백지장도 맞들면 낫다

☞ 뜻풀이 : 아무리 쉽고 간단한 일이라도 서로 돕고 협력하면 훨씬 더 수월해지고 완벽해진다는 뜻.

♠ 빼도 박도 못한다

☞ 뜻풀이 : 처한 상황이 이렇게도 저렇게도 할 수 없을 만큼 매우 난처하여 꼼짝하지 못한다는 뜻.

♠ 복(福)은 화(禍)가 숨어 있는 곳에 있다
☞ 뜻풀이 : 복은 멀리서 찾아오는 것이 아니라 화가 숨어 있는 곳에 있으므로 화를 극
　　복하면 자연히 복이 온다는 뜻.

♠ 복이 지나면 재앙이 온다
☞ 뜻풀이 : 길흉은 기복이 있어서 기쁜 날이 다하고 나면 고달픈 날도 오게 마련이라는 뜻.

♠ 봉은 굶주려도 좁쌀은 먹지 않는다
☞ 뜻풀이 : 위대한 사람은 아무리 힘든 일이 있더라도 구차한 짓은 하지 않는다는 뜻.

♠ 불운이 극도에 달하면 행운이 온다
☞ 뜻풀이 : 온갖 고생을 다 겪고 나면 언젠가는 마침내 좋은 일이 생기게 된다는 뜻.

♠ 비 온 뒤에 땅이 굳어진다
☞ 뜻풀이 : 비에 젖은 흙이 마르면서 더욱 굳어지듯이, 어떤 고난과 어려움을 겪고 난
　　후에 일이 더 단단해진다는 뜻.

♠ 사람은 열 번 다시 된다
☞ 뜻풀이 : 사람의 개성이나 신세란 고정되어 있는 것이 아니고, 평생 동안에 여러 번 바
　　뀔 수 있고 얼마든지 고칠 수 있으며 사람은 자라면서 계속 변한다는 뜻.

♠ 사람이 오래 살면 보따리가 바꾸어진다
☞ 뜻풀이 : 사람이 오래 살다보면 여러 풍파와 고초를 겪으며 변화를 겪게 된다는 뜻.

♠ 사람은 급하게 되면 꾀도 생긴다

☞ 뜻풀이 : 사람이 궁지에 몰려 급하게 되면 거기에서 벗어날 수 있는 꾀도 함께 생기게 된다는 뜻.

♠ 사람이 한 번 죽지 두 번 죽지 않는다

☞ 뜻풀이 : 오직 하나뿐인 목숨을 내걸고 어떤 일을 결연한 마음으로 한다는 뜻.

♠ 산 입에 거미줄 치랴

☞ 뜻풀이 : 아무리 어렵게 살더라도 어떻게 해서든 먹을 것을 구하여 생명을 부지해 나갈 수는 있다는 뜻.

♠ 살얼음을 밟는 것 같다

☞ 뜻풀이 : 위태위태하여 마음이 몹시 불안하다는 뜻.

♠ 삼정승 부러워말고 네 한 몸 잘 가져라

☞ 뜻풀이 : 다른 사람들로부터 도움을 받을 생각일랑 아예 하지 말고 제 한 몸이나 탈 없이 잘 간수하라는 뜻.

♠ 석 달 장마 끝에 햇빛을 본 것 같다

☞ 뜻풀이 : 안 좋은 상황이 오래고 지루하게 계속되다가 비로소 반가운 일을 만나게 되는 경우를 두고 이르는 말.

♠ 세상에서 가장 강한 사람은 자기 자신을 이기는 사람이다

☞ 뜻풀이 : 자기 자신과의 싸움에서 자신을 이기는 것이 다른 사람과 싸워서 이기는 것보다도 훨씬 더 어렵다는 뜻.

♠ 세월이 약이다

☞ 뜻풀이 : 마음에 아무리 큰 상처를 입었다 해도 세월이 흐르면 자연히 잊혀지고 아물게 된다는 뜻.

♠ 소경 눈 뜬 것 같다

☞ 뜻풀이 : 오랫동안 해결되지 않아 답답했던 일이 모두 시원하게 해결되어 마치 날아갈 것같이 홀가분한 상태를 이르는 말.

♠ 소금이 쉴 때까지

☞ 뜻풀이 : 무슨 일이든 얼마든지 길게 끌어 보자는 뜻.

♠ 소도 언덕이 있어야 비빈다

☞ 뜻풀이 : 사람도 의지하고 기댈 곳이 있어야 그것을 발판으로 성공할 수 있다는 뜻.

♠ 소리 없는 고양이가 쥐 잡는다

☞ 뜻풀이 : 상대방을 이기거나 어떤 일을 이루어내기 위해서는 자신만의 정보를 결코 상대방에게 누출시켜서는 안 된다는 뜻.

♠ 소한 대한에 얼어 죽지 않는 놈이 우수 경칩에 얼어 죽으랴

☞ 뜻풀이 : 견디기 어려운 큰 역경도 잘 극복해낸 사람이 그보다 사소한 시련쯤이야 극복해내지 못할 리가 없다는 뜻.

♠ 손자 환갑 닥치겠다

☞ 뜻풀이 : 무엇인가를 그렇게 오래 기다리다가는 손자가 환갑이 될 때까지 기다리겠다는 뜻으로 오랜 시일을 기다리기가 지루하다는 뜻.

♠ 시골 가면 시골 풍속을 따라야 한다
☞ 뜻풀이 : 사람은 변화하는 환경에 따라 잘 적응을 하면서 살아가야 한다는 뜻.

♠ 신선 놀음에 도끼 자루 썩는 줄 모른다
☞ 뜻풀이 : 한 농부가 나무하러 산에 올라갔다가 신선들이 바둑 두는 광경을 보고 정
신이 그 곳에 팔려 도끼 자루가 다 썩은 줄도 모르고 구경하듯이 자신이 해
야 할 일도 잊고 다른 일에 빠져 있는 상태를 이르는 말.

♠ 십 년 감수했다
☞ 뜻풀이 : 자신의 수명이 십 년이나 줄어들 정도로 대단히 어렵고 힘든 일을 겪고 났
을 때 하는 말.

♠ 아닌 밤 중에 홍두깨
☞ 뜻풀이 : 전혀 예상치도 못했던 일이 갑작스럽게 일어나서 놀랐을 때 이르는 말.

♠ 연꽃은 흙탕물에서 핀다
☞ 뜻풀이 : 진정 훌륭한 인물은 고난과 안 좋은 환경 속에서도 꿋꿋이 이겨내어 결국
에는 뜻을 이룬다는 뜻.

♠ 열로 열을 친다
☞ 뜻풀이 : 상대편을 이기려면 상대편이 들고 나오는 수단과 방법에 맞먹는 수단과 방
법을 써야 한다는 뜻.

♠ 열 번 찍어 안 넘어가는 나무 없다

☞ 뜻풀이 : 아무리 뿌리가 깊고 거대한 나무라 할지라도 계속해서 찍으면 결국에는 넘어가듯이 무슨 일이든지 끈질기게 굳은 의지를 가지고 노력하면 안 되는 일은 없다는 뜻.

♠ 열 사람 형리(刑吏) 사귀지 말고 한 가지 죄(罪)를 범하지 말라

☞ 뜻풀이 : 다른 사람의 힘에 의존하지 말고 자신의 신체를 단련시키라는 뜻으로 남의 힘을 믿고 함부로 처신하는 것보다 자신이 알아서 자기 몸을 절제하는 것이 안전하다는 뜻.

♠ 오장 육부가 다 썩는다

☞ 뜻풀이 : 어떤 고난과 위기로 말미암아 속이 탈 정도로 근심 걱정이 많다는 뜻.

♠ 외손뼉은 울지 못하고 외다리는 걷지 못한다

☞ 뜻풀이 : 어려운 일이든 쉬운 일이든 혼자서 하는 것보다는 서로 도우며 하는 것이 더욱 수월하고 인간적이라는 뜻.

♠ 용이 물을 얻은 격이다

☞ 뜻풀이 : 좋은 기회를 얻어 자기가 뜻하던 바를 크게 이루게 되었다는 뜻.

♠ 우는 아이 젖 준다

☞ 뜻풀이 : 다른 사람들에게 한 번이라도 더 매달리면서 부탁하는 사람이 그렇지 않은 사람보다 조금이라도 더 덕을 보게 된다는 뜻.

♠ 움츠린 개구리가 멀리 뛴다

☞ 뜻풀이 : 개구리가 멀리 뛰기 위해 다리를 움츠리듯이 사람도 큰 뜻을 이루기 위해서는 고난의 시기를 극복해내야 한다는 뜻.

♠ 원숭이도 나무에서 떨어질 때가 있다

☞ 뜻풀이 : 어떤 분야에 능숙한 전문가라 할지라도 한 번쯤은 실수할 때가 있다는 뜻.

♠ 유월 농부 팔월 신선이다

☞ 뜻풀이 : 유월이 되면 농촌에서는 농번기가 시작되어 농부들이 몹시 고생을 하지만 팔월에는 농한기여서 신선처럼 편하게 쉰다는 뜻.

♠ 이가 없으면 잇몸으로 산다

☞ 뜻풀이 : 사람은 상황이 변할 때마다 그 상황에 따라 대처하며 살아갈 수밖에 없다는 뜻.

♠ 인생 백 년에 고락이 상반이라

☞ 뜻풀이 : 인생은 괴로움과 즐거움이 서로 반반이라는 뜻으로 지금 괴로움을 당해도 이제 곧 즐거움이 온다고 하면서 희망을 가지도록 하기 위해서 쓰는 말.

♠ 일승일패는 병가상사

☞ 뜻풀이 : 한 번 이기고 한 번 지는 것은 보통 있을 수 있는 일이듯 일에 실패한 사람을 위로하거나 실패한 사람 자신이 그것을 정당화하는 구실로 이르는 말이며 살다보면 성공도 있을 수 있고 실패도 있을 수 있다는 뜻.

♠ 입이 여럿이면 금도 녹인다

☞ 뜻풀이 : 많은 사람이 힘을 합치면 무엇이든지 할 수 있다는 뜻.

♠ 자식 기르는 것 배우고 시집가는 계집 없다

☞ 뜻풀이 : 어떠한 일을 하기 전에 그 일을 하는 방법을 배우지 않았어도 막상 그 일을
접하게 되면 나름대로 적응하여 해나갈 수 있게 마련이라는 뜻.

♠ 작은 도끼도 연달아 치면 큰 나무를 눕힌다

☞ 뜻풀이 : 대수롭지 않고 조그만 것이라도 반복적으로 여러 번 힘들여 하면 큰 일을
이룰 수 있다는 뜻.

♠ 잠자리 부접대듯

☞ 뜻풀이 : 잠자리가 앉았다 떴다 하듯이 하는 일을 쉽게 바꾸거나 직장을 자주 옮겨
다니는 것을 형용해서 이르는 말.

♠ 장님 징검다리 건너듯

☞ 뜻풀이 : 앞 못 보는 장님이 물 가운데 띄엄띄엄 놓인 징검다리를 몹시 조심스럽게
한 발자국 한 발자국 더듬어 건너간다는 뜻으로 해내기 어려우리라고 생각
되는 난관을 아슬아슬하지만 기어코 용케 극복해 나가는 모양을 비유하여
이르는 말.

♠ 장부가 칼을 빼었다가 도로 꽂나

☞ 뜻풀이 : 굳은 결심으로 작정한 일을 하려다가 방해가 끼었다고 해서 그만둘 수는
없다는 뜻.

♠ 잰 놈 뜬 놈만 못하다

☞ 뜻풀이 : 일을 잽싸게 하여 거칠게 끝내는 사람보다는 느림보처럼 천천히 하더라도
꼼꼼하고 섬세한 사람이 오히려 일을 더 완벽에 가깝도록 원만하게 처리하
게 된다는 뜻.

50

♠ 젊어 고생은 사서도 한다

☞ 뜻풀이 : 젊었을 때 고생도 해보고 많은 경험도 쌓아보아야 그것들이 인생에 큰 도
움이 되며 그럼으로 인해 인생의 참뜻을 깨닫게 된다는 뜻.

♠ 접시 밥도 담을 탓

☞ 뜻풀이 : 아무리 그릇이 작을지라도 담는 사람의 마음이나 솜씨에 따라 담는 양이
달라질 수 있듯이 무슨 일이든지 자신이 쏟는 열의와 노력에 따라 그 성과
는 달라진다는 뜻.

♠ 정성을 들였다고 마음을 놓지 말라

☞ 뜻풀이 : 무슨 일이든지 최종적으로 다 이루어지기 전까지는 잠시라도 마음의 긴장
을 풀지 말고 항상 정성을 들이고 주의 깊게 살피라는 뜻.

♠ 정성이 있으면 한식에도 세배 간다

☞ 뜻풀이 : 정성만 있으면 아무리 때가 늦더라도 자신이 하려고 맘먹은 일을 이룬다는 뜻.

♠ 정신을 가다듬으면 바위라도 뚫는다

☞ 뜻풀이 : 하려고 하는 굳은 결심만 있다면 못 해낼 일이 없다는 뜻.

♠ 젖 먹던 힘이 다 든다

☞ 뜻풀이 : 온몸의 힘을 다 써야 할 정도로 일이 몹시 힘들다는 뜻.

♠ 젖 먹는 힘까지 다 낸다

☞ 뜻풀이 : 자신이 발휘할 수 있는 모든 힘을 다 내는 모습을 이르는 말.

♠ 제 것 주고 뺨 맞는다

☞ 뜻풀이 : 남에게 성심 성의껏 일을 잘 해주고도 칭찬은 받지도 못하고 오히려 핀잔을 당했다는 뜻.

♠ 제 발이 효자보다 낫다

☞ 뜻풀이 : 효자의 지성 어린 부축을 받아 가는 것보다 자신의 발로 다니는 것이 훨씬 낫다는 말로 언제나 남에게 의존하기보다 자기 자신을 믿고 제 힘으로 걸어나가야 한다는 뜻.

♠ 제 짐 안 무겁다는 놈 없다

☞ 뜻풀이 : 누구든지 자기가 겪는 고통이 가장 힘들다고 느낀다는 뜻.

♠ 조약돌을 피하니까 수마석을 만난다

☞ 뜻풀이 : 일은 조금이라도 수월할 때 마무리를 짓는 것이 이롭다는 뜻으로 어려운 일을 만나 고민하고 있는데 더 어려운 일이 꼬리를 물고 닥치게 되면 그 일을 원만히 해결하기가 더욱 난감하게 된다는 뜻.

♠ 죽기보다 까무러치기가 낫다

☞ 뜻풀이 : 비록 상황이 좋지 않더라도 일을 완전히 망쳐 놓은 것보다 낫다는 것을 비유하여 이르는 말.

♠ 죽을 병에도 살 약이 있다

☞ 뜻풀이 : 아무리 어려운 곤경에 빠지더라도 살아날 방법은 있으므로 성급히 절망하거나 낙담하지 말라는 뜻.

♠ 죽자니 청춘이요, 살자니 고생이다

☞ 뜻풀이 : 젊은 나이에 죽자니 억울하고 살자니 아직 많이 남은 인생을 꾸려나가기가 너무 고통스럽고 힘들다는 뜻.

♠ 쥐구멍에도 볕들 날이 있다

☞ 뜻풀이 : 몹시 고생하는 사람에게도 언젠가는 좋은 운수가 터질 날이 있다는 뜻.

♠ 쥐도 궁지에 몰리면 고양이를 문다

☞ 뜻풀이 : 쥐도 궁지에 몰리게 되면 쫓아오던 고양이에게 덤벼들 듯이 사람을 너무 궁지에 몰아넣게 되면 분노가 쌓여 나중에는 폭발할 수 있다는 뜻.

♠ 집안을 다스리려면 먼저 자신을 가다듬어야 한다

☞ 뜻풀이 : 집안의 기강을 바로잡으려면 자신이 먼저 솔선수범을 하여 식솔들에게 모범을 보여야 한다는 뜻.

♠ 참을 인(忍) 자 셋이면 살인도 면한다

☞ 뜻풀이 : 화가 났을 때 이성을 잃고 자신의 감정대로 일을 처리하게 되면 상황이 더욱 악화되지만 그 화를 속으로 꾹 참고 이성적으로 판단하여 처리하게 되면 원만한 해결을 볼 수 있다는 뜻.

♠ 천 입으로 천금 녹이고 만 입으로 만금 녹인다

☞ 뜻풀이 : 여러 사람이 함께 힘을 합하여 노력하면 아무리 어려운 일이라도 이룰 수 있다는 뜻.

♠ 체증이 풀린 것 같다

☞ 뜻풀이 : 오랜 기간 동안 풀리지 않고 걸려 있던 문제가 시원스럽게 다 풀린 경우를 이르는 말.

♠ 칠 년 대한에 비 바라듯

☞ 뜻풀이 : 오랜 가뭄 속에 큰 비가 내려 주기를 기다리듯이, 무엇을 매우 간절하게 기다리는 모양을 비유하여 이르는 말.

♠ 칼 날 위에 선 목숨

☞ 뜻풀이 : 목숨이 위태로울 정도로 매우 위험천만한 상황에 놓였음을 이르는 말.

♠ 칼 물고 뜀뛰기한다

☞ 뜻풀이 : 굳건한 의지로 목숨까지 내걸고 최후의 성패를 위해 모험을 건다는 뜻.

♠ 칼을 뽑고는 그대로 집에 꽂지 않는다

☞ 뜻풀이 : 무슨 일이나 결심을 한 일은 하고야 만다는 뜻으로 무슨 일이든지 한번 결심하고 나서면 끝장을 보아야 하는 완강함을 이르는 말.

♠ 코가 석 자나 빠졌다

☞ 뜻풀이 : 매우 위급한 상황에 처해 있을 때 마음마저 몹시 위축되어 있는 상태를 이르는 말.

♠ 코가 크고 작은 것은 석수장이 손에 달렸다

☞ 뜻풀이 : 부처의 코의 크기를 좌우하는 것은 그것을 깎고 다듬는 석수장이에게 달려 있듯이 일의 결과 여부는 그것을 맡은 사람의 솜씨나 마음 여하에 달려 있다는 뜻.

♠ 코에 단내가 난다
☞ 뜻풀이 : 어떤 일에 너무 시달리고 고뇌하여 몸과 마음이 몹시 지쳐 있다는 뜻.

♠ 큰 고기는 작은 냇물에서는 놀지 않는다
☞ 뜻풀이 : 큰 포부를 가진 사람은 좀처럼 좁은 무대에서는 활동하지 않고 크게 논다는 뜻.

♠ 큰 말이 나가면 작은 말이 큰 말 노릇 한다
☞ 뜻풀이 : 누구나 어떤 일을 행사할 수 있는 권한과 임무가 주어진다면 그 일을 능히 해낼 수 있다는 뜻.

♠ 큰 산 넘어 평지 본다
☞ 뜻풀이 : 크고 높은 산을 넘으면 평탄한 들길에 이른다는 뜻으로, 온갖 고생을 이겨 내면 행복이 차려지게 됨을 이르는 말.

♠ 태산을 넘으면 평지를 본다
☞ 뜻풀이 : 태산같이 무거운 문제를 해결하고 나면 평탄한 길이 보인다는 뜻.

♠ 털도 안 뜯고 먹으려고 한다
☞ 뜻풀이 : 성질이 지나치게 급하여 매사에 일의 순서를 기다리지 못하고 일을 무작정 저지르곤 하는 사람을 비꼬아 하는 말.

♠ 토끼도 세 굴을 판다
☞ 뜻풀이 : 토끼도 위험을 피하기 위하여 자기 굴 속에 미리 나갈 구멍을 세 개 만들어 놓듯이 무슨 일에서나 안전을 위하여 사전에 미리 여러 가지로 다른 방도 를 세워두어야 한다는 뜻.

♠ 파김치가 되었다
☞ 뜻풀이 : 어떤 일에 시달려 심신이 매우 지쳐 있다는 뜻.

♠ 하늘도 끝 갈 날이 있다
☞ 뜻풀이 : 어떤 일에나 다 한계가 있다는 뜻.

♠ 하늘은 스스로 돕는 자를 돕는다
☞ 뜻풀이 : 하늘은 다른 사람에게 의지하지 않고 독립적으로 스스로 노력하는 사람을 도와 성공하게 한다는 뜻.

♠ 하늘이 두 쪽이 나더라도
☞ 뜻풀이 : 어떠한 방해나 고난이 있다고 하더라도 무엇을 반드시 해내고야 말겠다고 결심을 할 때 쓰는 말.

♠ 하늘의 별 따기
☞ 뜻풀이 : 하늘의 별을 따는 것은 현실적으로 불가능한 일이듯 어떠한 일이 매우 힘들어 도저히 그 뜻을 이루기 힘들다는 뜻.

♠ 하늘이 무너져도 솟아날 구멍이 있다
☞ 뜻풀이 : 감당하지 못할 것 같은 극한 어려움에 처할지라도 정신만 똑바로 차리고 있으면 해결해 나갈 방도가 생긴다는 뜻.

♠ 하룻밤 자고 나면 수가 난다
☞ 뜻풀이 : 아무리 해결하기 어려운 문제라 하더라도 생각에 생각을 거듭하면 그 해결의 실마리를 찾을 수 있다는 뜻.

♠ 학질을 뗀다

☞ 뜻풀이 : 떼기 어려운 고역을 면했다는 뜻으로 괴로운 일에서 겨우 벗어났다는 뜻.

♠ 한 달이 크면 한 달이 작다

☞ 뜻풀이 : 좋은 일이 있은 다음에는 반드시 좋지 않은 일이 생긴다는 뜻으로 세상 일
은 누구에게나 그 기회가 공평하게 돌아간다는 뜻.

♠ 한 번 죽지 두 번 죽지 않는다

☞ 뜻풀이 : 인간은 어차피 한 번 죽지 두 번 죽는 것은 아니므로 죽을 각오를 하고 힘
써 노력하면 이루지 못할 일은 없다는 뜻.

♠ 한 시를 참으면 백 날이 편하다

☞ 뜻풀이 : 세상 살아가는 데는 괴로움과 분한 일도 많이 만나게 되고 그 중에서는
실로 참기 어려운 일도 많지만, 마음이 흥분될 때 그 화를 한 번 참는 것이
후에 이롭고, 그렇지 못하고 심사가 움직이는 대로 행동을 하면 반드시 후
회할 일이 생긴다는 뜻.

♠ 함정에서 뛰어난 호랑이

☞ 뜻풀이 : 매우 위급한 때를 당하여 다 죽게 되었다가 그 궁지를 간신히 빠져 나와 다
시 살게 된 경우를 이르는 말.

♠ 허수아비도 제 구실을 한다

☞ 뜻풀이 : 헛된 욕심이 생기면 거기에 포로가 되어 다른 생각을 하지 못한다는 뜻.

♠ 호구를 벗어나다

☞ 뜻풀이 : 매우 위급한 상황에 직면해 있다가 벗어난 경우를 이르는 말.

♠ 호랑이 무서워 산에 못 가랴

☞ 뜻풀이 : 어떠한 일을 하는 데에 사소한 방해거리가 있다고 해서 그 일을 포기할 수
는 없다는 뜻.

♠ 호랑이한테 물려가도 정신만 차리면 산다

☞ 뜻풀이 : 아무리 위급한 상황이라도 이성을 차리고 냉철하게 행동하면 해결방안이
나온다는 뜻.

♠ 흙 속에 묻힌 옥이다

☞ 뜻풀이 : 흙에 묻혀 있는 보물은 눈에 띄지는 않으나 그 가치는 높듯이 세상에 드러
나지 않은 뛰어난 인물을 두고 이르는 말.

시작은 누구나 하지만 제대로 끝맺는 일은 드물다 제3부

시작은 누구나 하지만
제대로 끝맺는 일은 드물다

— 시경

♠ 가다 말면 아니 가는 것만 못하다

☞ 뜻풀이 : 일을 시작해놓고 중도에 포기해 버리려면 차라리 처음부터 시작하지 않는 편이 낫다는 뜻.

♠ 가을 곡식을 아껴야 봄 양식이 된다

☞ 뜻풀이 : 사람은 경제적으로 여유로울 때 낭비하지 말고 저축해 두어야 어려울 때 요긴하게 쓸 수 있다는 뜻.

♠ 간다간다 하면서 아이 셋 낳고 간다

☞ 뜻풀이 : 말로는 그만둔다고 말하지만 실제로는 그만두지 못하고 질질 끈다는 뜻.

♠ 갈수록 태산이다

☞ 뜻풀이 : 하던 일이 가면 갈수록 점점 꼬여 그 형세가 더욱 나빠져 간다는 뜻.

♠ 거미도 줄을 쳐야 벌레를 잡는다

☞ 뜻풀이 : 뜻하는 목적을 이루기 위해서는 반드시 그에 상응하는 노력과 일을 하고 기다려야 한다는 뜻.

♠ 겨울이 지나지 않고 봄이 오랴

☞ 뜻풀이 : 세상 일에는 어떤 일이든 그 순서와 차례가 다 있다는 뜻.

♠ 계란으로 바위 치기다

☞ 뜻풀이 : 나약한 자신의 처지를 깨닫지 못하고 큰 것에 도전하는 모험을 하게 되면 자멸한다는 뜻.

♠ 고양이는 소리 없이 쥐를 잡는다

☞ 뜻풀이 : 어떤 일이든지 소리 소문 없이 조용히 처리해야 순조롭게 이룰 수 있다는 뜻.

♠ 구슬이 서 말이라도 꿰어야 보배

☞ 뜻풀이 : 제아무리 좋은 재료라고 해도 쓸모 있도록 만들어 놓아야 가치가 있고 보배라고 말할 수 있다는 뜻.

♠ 귀머거리에게 귓속말한다

☞ 뜻풀이 : 상대방을 잘 파악하지 못하고 어떤 일을 하게 되면 하는 일마다 그르치기가 쉽다는 뜻.

♠ 나무도 옮겨 심으면 삼 년은 뿌리를 앓는다

☞ 뜻풀이 : 나무도 옮겨 심으면 다시 뿌리를 내리기까지 시일아 오래 걸리듯 사람도 터를 옮기면 다시 처음부터 시작해야 하므로 자리잡기까지 오랜 시간이 걸린다는 뜻.

♠ 남의 다리를 긁는다
☞ 뜻풀이 : 일을 하다보니 괜히 남에게 이로운 일만 해준 결과가 되었을 때 이르는 말.

♠ 남의 발에 신들메한다
☞ 뜻풀이 : 자기에게 이로운 일을 한다는 것이 결과적으로는 다른 사람에게 좋은 일만 해주고 말았다는 뜻.

♠ 내친 걸음이요, 열어놓은 뚜껑이다
☞ 뜻풀이 : 이왕에 벌여 놓은 일이니 내친 김에 결과를 얻을 때까지 밀고 나가야 한다는 뜻.

♠ 다 된 죽에 코 빠졌다
☞ 뜻풀이 : 거의 다 잘 된 일을 실수로 그르쳐 놓았다는 뜻.

♠ 대가리에서부터 더듬어도 겨우 꼬리밖에 못 잡는다
☞ 뜻풀이 : 큰 목표를 가지고 일을 시작했으나 큰 성과는 이루지 못하고 겨우 조그마한 성과만 이루게 되었다는 뜻.

♠ 덤불이 커야 도깨비도 모인다
☞ 뜻풀이 : 어떤 일이든지 의지할 수 있는 배경이 일의 성사에 크게 영향을 끼친다는 뜻.

♠ 돌다리도 두들겨 보고 건너라
☞ 뜻풀이 : 어떤 일을 시작하기에 앞서 세심히 생각해보아야 뒷날 걱정과 근심이 생기지 않는다는 뜻.

♠ 될성부른 나무는 떡잎부터 알아본다
☞ 뜻풀이 : 장차 크게 될 인물은 어릴 때부터 보통사람과는 차이가 난다는 뜻.

시작은 누구나 하지만 제대로 끝맺는 일은 드물다 63

♠ 두 갈래 길에서 헤매는 사람은 아무 데도 가지 못한다
☞ 뜻풀이 : 이것을 할까 저것을 할까 망설이기만 하면 이도 저도 되지 않으므로 한 가지 일에만 충실해야 성공을 할 수 있다는 뜻.

♠ 마음에나 있어야 꿈도 꾸지
☞ 뜻풀이 : 마음에 전혀 없는 것은 꿈에도 나타나지 않듯이 전혀 생각이나 각오가 없으면 아무 것도 이루어지지 않는다는 뜻.

♠ 마음은 굴뚝 같다
☞ 뜻풀이 : 어떤 일에 대해 마음속으로는 하고 싶은 생각이 많다는 뜻.

♠ 마지막 고개를 넘기가 가장 힘들다
☞ 뜻풀이 : 어떤 일이든지 시작하는 것보다 일의 최종적인 마무리를 잘 짓는 것이 가장 어렵고 힘들고 중요하다는 뜻.

♠ 만사는 시작이 절반이다
☞ 뜻풀이 : 무슨 일이든지 시작하기가 어려운 것이므로 시작만 해도 일의 절반은 이루어 놓은 것과 같다는 뜻.

♠ 말로는 못 하는 말 없다
☞ 뜻풀이 : 자신이 해 놓은 말을 실제로 행동이나 실천으로 옮기는 것은 힘드나 그저 말로만 하는 것이야 무슨 말이든 못하겠는가 하는 뜻.

♠ 말은 끌어야 잘 가고 소는 몰아야 잘 간다
☞ 뜻풀이 : 어떤 일이나 그 일의 특성에 알맞게 일을 해야 좋은 성과를 거둘 수 있다는 뜻.

♠ 말이 앞서지 일이 앞서는 사람 본 일이 없다
☞ 뜻풀이 : 말만 앞세우고 그 말을 실천으로 옮기지 않는다는 말로 흔히 실천보다 빈 말을 앞세우게 된다는 뜻.

♠ 매도 맞으려다 안 맞으면 서운하다
☞ 뜻풀이 : 어떤 일을 하려고 계획하고 있다가 그 일을 못 하게 되면 섭섭하다는 뜻.

♠ 머리 둘 데를 모른다
☞ 뜻풀이 : 어떠한 일을 하는데 어떻게 처신해야 좋을지 몰라 당황한다는 뜻.

♠ 모래로 성 쌓기
☞ 뜻풀이 : 아무리 애를 써도 근본적으로 일의 방법이 틀렸기 때문에 큰 수고는 하나 아무런 효과가 없다는 뜻.

♠ 모래 위에 쌓은 성
☞ 뜻풀이 : 애초부터 기초가 튼튼하지 못하여 오래 견디지 못한 일이나 물건을 이르는 말.

♠ 모로 가도 서울만 가면 된다
☞ 뜻풀이 : 수단과 방법을 가리지 않고 처음 정한 목적만 달성하면 된다는 뜻.

♠ 목마른 자가 우물 판다
☞ 뜻풀이 : 자신에게 급하고 요긴해야 서둘러서 일을 시작한다는 뜻.

♠ 무른 감도 쉬어 가면서 먹어라
☞ 뜻풀이 : 어떤 일이든지 겉으로 보기엔 틀림없는 일로 보여도 잘 알아보고 조심해서 차근차근 해야 한다는 뜻.

♠ 문턱을 넘고 큰소리를 쳐라
☞ 뜻풀이 : 어떤 일이든지 간에 마무리를 다 해놓고서 떳떳하게 큰소리 쳐야 한다는 뜻.

♠ 물에 물 탄 듯 술에 술 탄 듯
☞ 뜻풀이 : 일이 지극히 무미건조하거나 아무리 다듬어도 본바탕이 조금도 변하지 않는 경우를 이르는 말.

♠ 밑 빠진 독에 물 붓기
☞ 뜻풀이 : 아무리 수고를 해도 수고한 만큼의 대가는커녕 전혀 아무런 보람도 나타나지 않는 경우를 이르는 말.

♠ 밑지는 장사
☞ 뜻풀이 : 자기에게 전혀 이득은 안 되고 손해만 되는 일을 한다는 뜻.

♠ 바늘 가는 데 실 간다
☞ 뜻풀이 : 바늘에 실이 꼭 뒤따르듯이 어떤 일에는 부차적으로 꼭 따라와야 하는 요소가 있다는 뜻.

♠ 바쁘다고 바늘 허리에 실 매어 쓸까
☞ 뜻풀이 : 아무리 바쁘다고 해도 바늘구멍에 실을 꿰어야 바느질을 할 수 있듯이 모든 일에는 나름의 절차와 방식이 있다는 뜻.

♠ 받아 놓은 당상
☞ 뜻풀이 : 일의 결과가 확실하고 조금도 틀림이 없다는 뜻 .

♠ 밤새도록 물레질만 한다
☞ 뜻풀이 : 마음은 다른 데에 가 있으면서도 그와 관계없는 딴 수작만 하고 있다는 뜻.

♠ 밤새도록 울다가 누가 죽었느냐고 한다
☞ 뜻풀이 : 일의 동기나 목적은 파악하지 못하고 무조건 주어진 일만 한다는 뜻.

♠ 백 마디 말보다 실천이 귀중하다
☞ 뜻풀이 : 말을 많이 여러 번 하는 것보다 자신이 한 말을 실제로 행동으로 옮기는 것이 더욱 중요하다는 뜻.

♠ 뱁새가 황새를 따라가면 가랑이가 찢어진다
☞ 뜻풀이 : 자기의 능력은 생각하지 않고 남이 하니까 자신도 따라 분수에 맞지 않는 행동을 하게 되면 오히려 큰 화를 입게 된다는 뜻.

♠ 벌인 춤이라
☞ 뜻풀이 : 이미 시작된 일이므로 중간에 그만두어 버릴 수는 없다는 뜻.

♠ 볼 장 다 봤다
☞ 뜻풀이 : 일이 뜻하던 바대로 되지 않고 실패하였다는 뜻.

♠ 봄에 씨 뿌려야 가을에 거둔다
☞ 뜻풀이 : 어떤 일이든 제때에 대책을 세우고 노력해야 후에 그만큼 성과를 거두게 된다는 뜻.

♠ 부뚜막의 소금도 집어넣어야 짜다

☞ 뜻풀이 : 아무리 쉬운 일이나 좋은 기회도 그 일이 성사되는 데에 필요한 최소한의 노력은 해야 한다는 뜻.

♠ 부조는 않더라도 젯상이나 망가뜨리지 마라

☞ 뜻풀이 : 도와주지는 못하면서 일에 방해나 하지 말라는 뜻.

♠ 부처님이 살찌고 안 찌는 것은 석수 손에 달렸다

☞ 뜻풀이 : 어떤 일이든 그 일의 결과는 직접 그 일을 주관하여 진행한 사람이 어떻게 하느냐에 따라서 좌우된다는 뜻.

♠ 비는 하늘이 주고, 절은 부처가 받는다

☞ 뜻풀이 : 어떤 일의 결과가 전혀 관련이 없는 다른 사람에게 돌려져 감사를 받거나 칭찬을 받는 경우를 놓고 이르는 말.

♠ 비단이 한 끼라

☞ 뜻풀이 : 집안이 망하여 식량이 떨어졌을 때 깊이 간직했던 비단을 팔아도 겨우 한 끼밖에 안 되니, 한번 망하기 시작하면 걷잡을 수 없다는 말.

♠ 비를 드니 마당을 쓸라 한다

☞ 뜻풀이 : 어떤 일을 스스로 하려고 하는데 마침 남이 그 일을 시켜서 신이 나지 않을 때 쓰는 말.

♠ 사또 떠난 뒤에 나팔 분다

☞ 뜻풀이 : 무슨 일이든지 적당한 시기가 있기 마련인데 그 시기를 포착하지 못하고 때를 놓치고 난 뒤 헛수고를 한다는 뜻.

♠ 산에 가야 호랑이를 잡지
☞ 뜻풀이 : 자신의 목적을 위해서는 발 벗고 나서서 실제로 힘들여 노력해야 이룰 수
있다는 뜻.

♠ 삼 동업은 해도 두 동업은 말라
☞ 뜻풀이 : 세 사람이 동업을 하게 되면 그 중 한 명이 중재의 역할을 하게 되므로 사
업을 하는 데 큰 마찰을 초래하지 않지만 두 사람이 동업을 하면 서로 자기
의 의견만을 내세워 계속 함께 일하기 힘들다는 뜻.

♠ 새도 나무를 가려 앉는다
☞ 뜻풀이 : 새도 아무 데나 앉지 않고 자신이 앉아야 될 곳을 가려서 앉는 것처럼 사람
도 자신이 거할 곳은 신중하게 선택해서 한다는 뜻.

♠ 생일날 잘 먹으려고 이레를 굶으랴
☞ 뜻풀이 : 나중에 한 번 잘 먹기 위하여 그 전에 아무 것도 안 먹고 지낼 수는 없듯이
어떻게 전개될지 모를 앞일만 바라보고 현재 일에 소홀해서는 안 된다는
뜻.

♠ 생쥐 고양이한테 덤비는 격
☞ 뜻풀이 : 이길 가능성이 전혀 없는 상대에게 겁도 없이 감히 맞서 대드는 어리석은
행동을 이르는 말.

♠ 서울 가서 김 서방 찾는다
☞ 뜻풀이 : 어떤 자세한 정보나 준비도 없이 어떤 것을 막연하게 찾으려 할 때 쓰이는 말.

♠ 서울에 가야 과거에 급제하지

☞ 뜻풀이 : 과거는 서울에서만 보는 것이기 때문에 과거에 급제를 하려면 반드시 서울에 가야 하듯이 어떤 결과를 얻기를 원한다면 실제로 그에 상응하는 일을 순서대로 해야 된다는 뜻.

♠ 서울 갈 신날도 안 꼬았다

☞ 뜻풀이 : 어떤 일을 하려고 하는데 생각조차 하지 않고 있다는 뜻.

♠ 석 자 베를 짜도 베틀 벌이기는 일반

☞ 뜻풀이 : 일을 벌여 시작하는 데는 많이 하나 적게 하나 그에 대한 준비와 격식을 차리기는 같다는 뜻.

♠ 소경 잠 자나 마나

☞ 뜻풀이 : 소경은 잠을 잘 때나 안 잘 때나 늘 눈을 감고 있는 것과 마찬가지이듯 일을 한 것인지 하지 않은 것인지 전연 성과가 없음을 이르는 말.

♠ 소나기는 오려 하고 똥은 마렵고, 괴타리는 옴치고, 꼴짐은 넘어지고, 소는 뛰어나갔다

☞ 뜻풀이 : 여러 일들이 동시에 벌어져서 당황이 되어 무엇부터 먼저 해야 할지 모르고 쩔쩔맨다는 뜻.

♠ 손가락으로 하늘 찌르기

☞ 뜻풀이 : 너무나 막연하여 이룰 가망성이 없는 일을 이르는 말.

♠ 손도 안 대고 코 풀려고 한다

☞ 뜻풀이 : 자기는 아무런 노력도 하지 않고 그저 이익만 챙기려고 한다는 뜻.

♠ 솔 심어 정자라

☞ 뜻풀이 : 장래의 성공이 까마득히 먼 것에 비유하는 말. 일의 효력을 보기 아득한 것
은 이 짧은 생애에 헛수고만 하는 것이니 하지도 말라는 뜻.

♠ 솜씨 좋은 사람 치고 팔자 드세지 않은 사람 없다

☞ 뜻풀이 : 다방면에 재주가 많은 사람은 자신의 능력으로 할 수 있는 일이 많아 결국
이것저것 일만 하여 팔자가 드셀 수밖에 없다는 뜻.

♠ 솥 떼어놓고 삼 년

☞ 뜻풀이 : 일을 진행할 수 있는 만반의 준비는 다 해놓았으면서도 정작 실행에 옮기
지 못하고 있다는 뜻.

♠ 수인사 대천명

☞ 뜻풀이 : 자기가 하는 일에 자신이 쏟을 수 있는 온갖 정성을 다 쏟은 다음에 그 결
과를 하늘의 뜻에 따른다는 뜻.

♠ 순풍에 돛을 달다

☞ 뜻풀이 : 일이 뜻한 바대로 순조롭게 진행됨을 비유하여 이르는 말.

♠ 숭어가 뛰니까 망둥이도 뛴다

☞ 뜻풀이 : 제 처지는 생각하지도 않고 저보다 나은 사람의 행동을 무조건 모방하려
하는 행동을 이르는 말.

♠ 쉬 더운 방이 쉬 식는다

☞ 뜻풀이 : 노력이 적으면 그 결과로 이루어지는 것도 변변치 못하여 오래가지 못한다는 뜻.

♠ 승부에서는 화를 내면 진다

☞ 뜻풀이 : 승부에서 침착하지 못하고 자기 성질에 못 이겨 이성을 잃고 화를 먼저 내게 되면 결국 지게 된다는 뜻.

♠ 시작이 반이다

☞ 뜻풀이 : 무슨 일이든지 시작하기가 어려워서 망설이지 일단 시작을 하게 되면 반쯤은 이루어 놓은 것이나 마찬가지라는 뜻.

♠ 시작이 좋아야 끝도 좋다

☞ 뜻풀이 : 시작을 신중하게 합리적으로 잘 하면 마무리 또한 좋게 할 수 있다는 뜻.

♠ 식은 죽 먹기다

☞ 뜻풀이 : 식은 죽은 훌훌 쉽게 마실 수 있듯이 어떤 일을 하기가 아주 수월하다는 뜻.

♠ 신 신고 발바닥 긁기다

☞ 뜻풀이 : 어떤 일을 하느라고 많은 노력을 기울이기는 하지만 정곡을 찌르지 못하여 안타까워한다는 뜻.

♠ 십 년 공부 나무아미타불이다

☞ 뜻풀이 : 오랜 세월 동안 노력하고 수고한 것이 결국에 가서는 아무런 보람을 얻지 못했다는 뜻.

♠ 싹수가 노랗다

☞ 뜻풀이 : 푸르러야 할 새싹이 싱싱하지 못하고 노랗듯 일의 첫 시작부터 벌써 틀려서 끝까지 잘 될 것 같지 않은 징조가 보인다는 뜻.

♠ 아니 땐 굴뚝에 연기 나랴

☞ 뜻풀이 : 어떠한 일이든지 원인이나 노력이 있어야 결과가 있고 소문도 어떤 동기가 있기 때문에 나는 것이라는 뜻.

♠ 아니 밴 아이를 자꾸 낳으란다

☞ 뜻풀이 : 아직 시기도 안 되었는데 무리하게 재촉하며 이루지 못할 일을 억지로 바란다는 뜻.

♠ 아이도 울어야 젖을 준다

☞ 뜻풀이 : 소극적인 태도로 그저 앉아서 기다리기만 하면 상대방은 그것을 알아주지 않으니 적극적으로 처신해야 한다는 뜻.

♠ 앉은뱅이가 설 줄 몰라 못 서나

☞ 뜻풀이 : 어떻게 할 줄 몰라서 안 하는 것이 아니라 처한 여건이 나빠서 못 하는 경우를 이르는 말.

♠ 알아야 면장을 하지

☞ 뜻풀이 : 무슨 일을 하려면, 특히 윗사람이 되려면 그에 상응하는 학식과 실력을 갖추어야 한다는 뜻.

♠ 앞에는 태산이요 뒤에는 숭산이다

☞ 뜻풀이 : 어떤 일이 진행되다가 어려움을 만나 중단되어 이렇게 할 수도 없고 저렇게 할 수도 없는 진퇴양난의 위기를 두고 하는 말.

♠ 양은 냄비 끓듯 하다

☞ 뜻풀이 : 어떤 일을 꾸준히 노력하여 하지 못하고 처음에 얼마간만 열심히 하다가 금세 식어 버리는 경우를 두고 이르는 말.

♠ 얕은 내도 깊게 건너라

☞ 뜻풀이 : 아무리 쉬운 것이라고 할지라도 신중하게 일을 처리해야 한다는 뜻.

♠ 어느 구름에서 비가 올지

☞ 뜻풀이 : 어떤 일이고 간에 진행되어 보아야 나중의 결과를 알 수 있는 것이지 일이 진행되기도 전에 그 결과를 미리 짐작할 수 없다는 뜻.

♠ 어느 장단에 춤추랴

☞ 뜻풀이 : 어떤 일을 진행할 때 참견하는 사람이 너무 많아 어느 사람의 말을 들어야 할지 도무지 모를 때를 두고 이르는 말.

♠ 엎어진 김에 쉬어 간다

☞ 뜻풀이 : 뜻하지 않던 나쁜 기회가 왔으나 이를 모면하고 오히려 이 기회를 역이용 하여 자기가 하려고 하던 일을 이룬다는 뜻.

♠ 열두 가지 재주에 저녁거리가 없다

☞ 뜻풀이 : 오히려 재주가 너무 많으면 자신이 진정 나아가야 할 분야를 찾지 못하고 방황하여 결국엔 자신이 가진 재주를 제대로 활용하지 못하고 고생스럽게 지낸다는 뜻.

♠ 열 번 재고 가위질은 한 번 하라
  ☞ 뜻풀이 : 무슨 일이든지 타산은 따져 보지도 않고 경솔하게 처리하지 말고 이것저것 꼼꼼하게 생각하고 세심하게 따져 본 다음에 행동에 옮겨야 한다는 뜻.

♠ 열흘 길 하루도 아니 가서
  ☞ 뜻풀이 : 오랜 기간 동안 진행해 나아가야 할 일을 처음부터 싫어하거나 배반하는 행위가 있어 이루기가 힘들고 아득할 때 이르는 말.

♠ 염불에는 마음이 없고 잿밥에만 마음이 있다
  ☞ 뜻풀이 : 정작 자신이 해야 할 일에는 전혀 관심을 두지 않고 엉뚱한 곳에 마음이 팔려 있다는 뜻.

♠ 오뉴월 바람도 불면 차갑다
  ☞ 뜻풀이 : 아무리 미약한 것이라도 계속되면 무시할 수 없는 결과를 초래할 수 있다는 뜻.

♠ 옥을 쪼지 않으면 그릇을 이루지 못한다
  ☞ 뜻풀이 : 아무리 뛰어난 재능을 가지고 있어도 이것을 잘 닦고 가꾸지 않으면 훌륭한 것이 못 되므로 고생을 겪으며 노력을 기울여야 뜻한 바를 이룰 수 있다는 말.

♠ 옳은 일을 하면 죽어도 옳은 귀신이 된다
  ☞ 뜻풀이 : 사람은 살아 있을 때 인간의 도리를 다해야 죽더라도 한이 없다는 뜻.

♠ 용 대가리에 뱀 꼬리
  ☞ 뜻풀이 : 어떤 일이 시작할 때는 거창하다가 뒤에 가서는 흐지부지되어 버리는 모양을 이르는 말.

♠ 용빼는 재주 없다
  ☞ 뜻풀이 : 이미 엉망이 되어버린 일은 아무리 애를 써도 해결할 방도가 전혀 없음을
    이르는 말.

♠ 용이 여의주를 얻고, 호랑이가 바람을 탐과 같다
  ☞ 뜻풀이 : 무슨 일이나 뜻하는 바를 다 이룰 수 있으며, 두려운 것이 없음을 뜻하는 말.

♠ 우물을 파도 한 우물을 파라
  ☞ 뜻풀이 : 일을 너무 벌여 놓기만 하거나 하던 일을 자주 바꾸면 아무 성과도 없으므
    로 한 가지 일을 꾸준히 하는 것이 성공하는 길이라는 뜻.

♠ 우선 먹기는 곶감이 달다
  ☞ 뜻풀이 : 앞으로의 상황은 고려하지도 않고 당장 이익이 되는 일에 매달리는 심보를
    이르는 말.

♠ 우습게 본 나무에 눈 걸린다
  ☞ 뜻풀이 : 대단치 않게 가소롭게 보다가는 나중에 큰코 다친다는 뜻.

♠ 원인이 좋아야 결과도 좋다
  ☞ 뜻풀이 : 모든 일의 결과는 원인에 따라 결정되므로 원인이 좋으면 결과도 자연히
    좋게 된다는 뜻.

♠ 위하는 아이 눈이 먼다
  ☞ 뜻풀이 : 무슨 일이나 그 일에 거는 기대가 너무 크면 도리어 일을 그르치게 된다는 뜻.

♠ 이도 나기 전에 갈비 뜯는다

☞ 뜻풀이 : 아직 그 일을 할 수준에 달하지 못한 사람이 제 분수는 모르고 제 능력으로
는 불가능한 일을 한다는 뜻.

♠ 인사를 다하여 천명을 기다린다

☞ 뜻풀이 : 자신이 해야 할 최선의 노력을 다한 후에 그 일의 결과는 오직 운명에 맡긴
다는 뜻.

♠ 일년지계는 봄에 있고, 일일지계는 아침에 있다

☞ 뜻풀이 : 그 해에 할 일은 봄에 계획하고 그 날 할 일은 아침에 계획한다는 뜻으로,
어떤 일을 함에 있어서 계획이 아주 중요함을 이르는 말.

♠ 일은 한 가지 일에만 전념해야 한다

☞ 뜻풀이 : 여러 가지를 한꺼번에 하지 말고 한 가지 일에만 주력하여야 제대로 일을
끝마친다는 의미.

♠ 일의 매듭은 시작했을 때와 같이 해야 한다

☞ 뜻풀이 : 처음 시작했을 때와 같이 일의 마무리 또한 성의를 다하여 해야 한다는 뜻.

♠ 입에 들어가는 밥술도 제가 떠 넣어야 한다

☞ 뜻풀이 : 아무리 쉬운 일이라고 하더라도 자기 힘을 들여 노력하지 않으면 이루어질
수 없다는 뜻.

♠ 자갈 밭에 앉으면 팔매 치고 싶다

☞ 뜻풀이 : 하려고 생각도 하지 않던 일도 막상 보게 되면 하고 싶은 생각이 들게 된다는 뜻.

♠ 잔칫날 맏며느리 앓아 눕는다

☞ 뜻풀이 : 일을 주관해서 처리해야 할 주요한 사람이 결정적인 순간에 잘못되거나 그 일에 손을 떼게 되는 경우를 이르는 말.

♠ 잘 나가다 삼천포로 빠진다

☞ 뜻풀이 : 어떤 일의 진행이 잘 되어 가는가 싶더니 도중에 엉뚱한 곳으로 빠지는 것처럼 일관성이 없이 건성으로 일하는 사람을 이르는 말.

♠ 잘 먹고 못 먹는 건 사람 나름

☞ 뜻풀이 : 같은 조건에서도 개인의 능력과 환경에 따라 사람마다 생활 수준이 크게 차이를 보일 수 있다는 뜻.

♠ 잘 해야 본전이다

☞ 뜻풀이 : 갖은 노력을 다해도 그 노력의 결과가 본전밖에는 되지 않는다고 푸념하는 말.

♠ 잠을 자야 꿈을 꾸지

☞ 뜻풀이 : 어떤 결과를 얻으려면 그 결과를 얻기 위한 노력이 선행되어야 하며 어떠한 원인이나 동기 없이는 결과를 바랄 수 없다는 뜻.

♠ 잡았던 호랑이의 꼬리는 놓기도 어렵다

☞ 뜻풀이 : 이미 시작한 일을 중도에 그만둘 수도 없고 그렇다고 계속해서 추진해 나갈 수도 없는 어려운 상황을 이르는 말.

♠ 정성만 있으면 한식 지나서도 세배 간다

☞ 뜻풀이 : 하고자 하는 정성만 있다면 늦게라도 그 일을 성의를 다해 할 수도 있다는 뜻.

♠ 정수리에 부은 물이 발 뒤꿈치에까지 흐른다

☞ 뜻풀이 : 어떤 일이든 가장 중요하고 가장 어려운 부분을 해결하게 되면 그 나머지 부분은 자연스럽게 해결된다는 뜻.

♠ 정은 쏟을수록 붙는다

☞ 뜻풀이 : 어떠한 일이든지 애착을 가지고 정성을 다해 노력하면 없던 정도 절로 생겨나게 된다는 뜻.

♠ 정직은 일생의 보배

☞ 뜻풀이 : 사람에게 정직함이 매우 중요하며 언제나 정직하게만 일을 해나가면 실패가 없다는 뜻.

♠ 젖 떨어진 강아지 같다

☞ 뜻풀이 : 어린아이가 엄마를 몹시 찾는 것처럼 어떤 일에 능숙하지 못하여 걸림돌이 앞을 막고 있을 때 눈치를 보며 그 일을 해결해줄 실력자를 조급히 기다린다는 뜻.

♠ 제수 흥정에 삼색 실과다

☞ 뜻풀이 : 제삿상에 대추, 밤, 감이 꼭 빠져서는 안 되는 필수 요소이듯이 어떤 일에 반드시 필요한 존재라는 뜻.

♠ 족제비는 꼬리 보고 잡는다

☞ 뜻풀이 : 족제비는 꼬리가 가장 요긴하게 쓰이는 것이라 꼬리가 없으면 잡을 필요가 없듯이 무슨 일이든 그 목적과 동기가 있어야 일을 행하여 도모하게 된다는 뜻.

♠ 종기는 곪았을 때 짜야 하고 술은 괼 때 걸러야 한다
☞ 뜻풀이 : 무슨 일이든지 적당한 시기가 있으므로 그 시기를 절대 놓쳐서는 안된다는 뜻.

♠ 종소리가 크고 작은 것은 때릴 탓이다
☞ 뜻풀이 : 어떤 일이든지 하기에 따라 결과가 크게 다르게 나타나므로 그 일에 쏟는 정성과 노력 여부에 따라 결과가 좌우된다는 뜻.

♠ 좋은 씨 심으면 좋은 열매 열린다
☞ 뜻풀이 : 좋은 종자에서 좋은 열매가 열리듯이 사람이 좋은 일을 거듭하면 반드시 좋은 결과를 얻게 된다는 뜻.

♠ 주먹구구에 박 터진다
☞ 뜻풀이 : 어떤 일을 계획을 세워서 꼼꼼하게 처리하지 못하고 대충 짐작으로 하다가는 크게 실패를 거듭하게 된다는 뜻.

♠ 주인 많은 나그네 밥 굶는다
☞ 뜻풀이 : 해준다는 사람이 너무 많으면 서로 해주겠거니 하고 오히려 서로 일을 미루게 되어 결국 일이 이루어지지 않게 됨을 이르는 말.

♠ 주인 모를 공사 없다
☞ 뜻풀이 : 무슨 일이든지 그 일을 주관하는 사람이 제대로 알지 못하면 이루어지지 않는다는 뜻.

♠ 죽도 밥도 안 된다
☞ 뜻풀이 : 일을 어중간하게 해놓아 이도 저도 안 된다는 뜻.

80

♠ 중은 중이라도 절 모르는 중이다

☞ 뜻풀이 : 어떤 일의 사안을 반드시 알아야 할 처지에 있으면서도 전혀 그 일에 대해 모르고 있다는 뜻.

♠ 쥐구멍으로 소 몰려 한다

☞ 뜻풀이 : 전혀 불가능한 일을 시도하려고 하는 어리석은 행동을 이르는 말.

♠ 지어먹은 마음이 사흘을 못 간다

☞ 뜻풀이 : 일시적인 자극에서 내리게 된 결심은 오래 지속되지 못한다는 뜻.

♠ 집을 지어놓고 삼 년

☞ 뜻풀이 : 일을 거의 다 진행시켜 놓았으나 마지막 마무리를 하지 못하고 질질 끌고 있는 모양을 이르는 말.

♠ 찍자 찍자 하여도 차마 못 찍는다

☞ 뜻풀이 : 어떤 일을 하려고 벼르기만 하고 하지 못함을 이르는 말로 원수를 갚으려고 벼르기만 하고 결국에 가서는 갚지 못한다는 뜻.

♠ 차 떼고 포 뗀 장기다

☞ 뜻풀이 : 정작 가장 중요한 것들은 빠져 있고 쓸모 없는 것들만 남아 있어 사실상 실속이 전혀 없다는 뜻.

♠ 찬물도 위아래가 있다

☞ 뜻풀이 : 모든 일에는 순서가 있기 마련이므로 매사 순리대로 살아야 한다는 뜻.

♠ 참깨 들깨 노는 데 아주까리가 못 노랴

☞ 뜻풀이 : 다른 사람들도 모두가 다 하는데 나라고 못 할 이유가 있겠냐는 뜻.

♠ 참새가 방앗간을 그저 찾아오랴

☞ 뜻풀이 : 참새가 모이를 얻기 위하여 방앗간에 찾아오듯이, 어떤 행동이든지 다 특정하게 추구하는 목적이 있다는 뜻.

♠ 참새가 작아도 알만 잘 깐다

☞ 뜻풀이 : 비록 몸집은 작고 보잘것없어도 자기의 앞일은 손색없이 처리하듯 아무리 몸집이 작고 하찮아 보이는 사람들도 제 할 일은 다 알아서 한다는 뜻.

♠ 처녀 젖가슴 만지듯 한다

☞ 뜻풀이: 어떤 일에 몰두하여 손을 뗄 생각도 하지 않고 계속해서 그 일에 집착하고 있다는 뜻.

♠ 처삼촌 묘에 벌초하듯 한다

☞ 뜻풀이 : 어떤 일을 신중하게 정성껏 해야 됨에도 불구하고 되는 대로 아무렇게나 하는 것을 두고 하는 뜻.

♠ 천둥 벌거숭이다

☞ 뜻풀이 : 천둥이 칠 때 발가벗고 날뛰는 미친 사람처럼 아무 일에나 함부로 나서서 설쳐대는 사람을 이르는 말.

♠ 천리 길도 한 걸음부터

☞ 뜻풀이 : 무슨 일이든지 그 일의 시작이 가장 중요하다는 뜻.

♠ 천리 길을 찾아와서 문턱 넘어 죽는다

☞ 뜻풀이 : 오랫동안 수고하며 진행시킨 일이 눈앞에 와서 완전히 물거품으로 돌아갔을 경우를 이르는 말.

♠ 천리마 꼬리에 붙은 쉬파리도 천 리를 간다

☞ 뜻풀이 : 권세 있는 사람 곁에 붙어서 출세를 거듭하는 약삭빠르고 아첨하는 사람을 두고 비꼬는 말.

♠ 천하에 유명한 준마도 장수를 만나야 하늘을 난다

☞ 뜻풀이 : 이 세상에서 가장 훌륭한 말이라도 그 말을 타고 달릴 장수를 만나지 않고서는 빛을 낼 수 없듯이 아무리 훌륭한 조건이 마련된다 하더라도 그것을 처리하고 운영할 담당자가 준비되지 않고서는 쓸모가 없다는 뜻.

♠ 철도 뜨거울 때 두드려야 한다

☞ 뜻풀이 : 쇠는 달았을 때 두드려야 벼릴 수 있듯이, 무엇이나 다 때를 놓치지 말고 시기 적절하게 알맞은 조건에서 해야 성과를 이룰 수 있다는 뜻.

♠ 첫 모 방정에 새 까먹는다

☞ 뜻풀이 : 어떤 일을 함에 있어서 처음부터 그 일이 지나치게 너무 순조로우면 나중 일이 안 좋은 경우가 많다는 뜻.

♠ 첫 선에 잘 봐야 길이 순하게 열린다

☞ 뜻풀이 : 일이 처음부터 잘 진행되어야 다음 일들도 순조롭게 잘 진행되어 간다는 뜻.

♠ 청대 콩이 여물어야 여물었나 한다

☞ 뜻풀이 : 어떤 일이든지 다 되어야 그 결과를 인정할 수 있다는 뜻.

♠ 청을 빌려 방에 들어간다
☞ 뜻풀이 : 처음에는 조심스럽게 조금씩 하던 일도 차차 재미를 붙여가면서 나중에는
아예 더 심한 짓을 하게 된다는 뜻.

♠ 초저녁 구들이 따뜻해야 새벽 구들이 따뜻하다
☞ 뜻풀이 : 어떤 일이든지 먼저 된 일이 잘 되어야 그에 수반되는 일들도 잘 이루어진
다는 뜻.

♠ 치장 차리다가 신주 개 물려 보낸다
☞ 뜻풀이 : 너무 치장에만 신경을 쓰느라 늦장을 부리다가는 좋은 기회를 다 놓치고
말 수도 있다는 뜻.

♠ 친구 따라 강남 간다
☞ 뜻풀이 : 자기의 주관이 없이 남이 하는 대로 곧이곧대로 따라서 하는 어리석은 사
람을 이르는 말.

♠ 침도 바람 보고 뱉으랬다
☞ 뜻풀이 : 아무리 사소해 보이는 일이라도 전후 상황을 다 잘 살펴본 후에 신중히 처
리해야 한다는 뜻.

♠ 침 뱉고 밑 씻겠다
☞ 뜻풀이 : 너무 당황한 나머지 앞뒤도 가리지 않고 덤벙거린다는 뜻.

♠ 칼도 날이 서야 쓴다
☞ 뜻풀이 : 칼이 자신의 역할을 다하려면 벨 수 있게 날이 서 있어야 하듯 무엇이든지
제 기능을 다 할 수 있는 조건이 갖추어져 있어야 쓸모가 있다는 뜻.

84

♠ 콩 심은 데 콩 나고 팥 심은 데 팥 난다

☞ 뜻풀이 : 콩을 심은 자리에는 당연히 콩이 날 수밖에 없듯이 모든 결과는 원인에 따라서 그 향방이 결정된다는 뜻.

♠ 콩 칠팔 새 삼륙 한다

☞ 뜻풀이 : 어떤 일이 두서없이 혼동만 초래되었을 때를 이르는 말.

♠ 크고 작은 것은 대봐야 안다

☞ 뜻풀이 : 어떤 일이나 물건의 차이를 정확히 알려면 직접 대조해서 비교해볼 수밖에 없다는 뜻.

♠ 큰 고기를 낚기 위하여 작은 미끼를 아끼지 말라

☞ 뜻풀이 : 큰 일을 이루기 위해서는 작은 이익쯤은 희생시키며 대담하게 행동할 수 있어야 한다는 뜻.

♠ 토끼가 제 방귀에 놀란다

☞ 뜻풀이 : 자기가 한 사소한 일에도 깜짝 놀라 당황해 하는 심장 약한 사람을 두고 이르는 말.

♠ 통박만 잰다

☞ 뜻풀이 : 정작 일은 게을리 하면서 머리 속으로 계산만 열심히 하고 있는 사람을 가리키는 말.

♠ 통째로 먹는 놈은 맛도 모른다
☞ 뜻풀이 : 음식은 천천히 그 맛을 음미하면서 먹어야 하는데 통째로 삼키면 무슨 맛
인지 알 수 없듯이 일도 신중하게 하지 않고 함부로 덤비면 그 일의 의미를
제대로 모르게 된다는 뜻.

♠ 푸닥거리했다고 마음놓을까?
☞ 뜻풀이 : 어떤 일이든지 스스로 나서서 적극적으로 하여야 자신이 생각하던 바대로
이룰 수 있는 것이지 마음속으로만 기대하고 바란다고 해서 이루어지는 것
은 아니라는 뜻.

♠ 핑계 없는 무덤 없다
☞ 뜻풀이 : 무슨 일이든지 그 일을 행한 사람마다 나름대로의 변명의 여지가 있다는 뜻.

♠ 하늘 보고 주먹질하기다
☞ 뜻풀이 : 전혀 가능하지 않은 일에 무모하고 어리석은 행동을 한다는 뜻.

♠ 하늘에 돌 던지는 격
☞ 뜻풀이 : 애써서 고생한 보람은 둘째 치고 위로 던진 돌이 자기 머리 위에 떨어져
재앙이 된다는 말.

♠ 하루 물림이 열흘 간다
☞ 뜻풀이 : 일을 한 번 뒤로 미루기 시작하면 자꾸 미루게 된다는 말로서, 무슨 일이든
뒤로 미루지 말고 하라는 뜻.

♠ 하루살이 불 보고 덤비듯 한다
☞ 뜻풀이 : 저 죽을 줄 모르고 미련하게 함부로 덤빈다는 말.

♠ 하룻강아지 범 무서운 줄 모른다

☞ 뜻풀이 : 상대방의 능력은 알지도 못하면서 자신의 조그마한 힘만 믿고 강자에게 함
부로 덤비는 사람을 두고 이르는 말.

♠ 학이 곡곡하고 우니 황새도 곡곡하고 운다

☞ 뜻풀이 : 자신의 능력이나 분수에 맞지 않게 자신보다 월등한 사람이 하는 대로 따
라 하는 사람을 이르는 말.

♠ 한강 물 다 먹어야 짜냐

☞ 뜻풀이 : 무슨 일이든지 처음부터 끝까지 다 해보아야 알 수 있는 것이 아니라 처음
에 조금만 실험해 보면 어느 정도는 짐작을 할 수 있다는 뜻.

♠ 한강에 돌 던지기

☞ 뜻풀이 : 어떤 일에 매달려 아무리 애를 써도 애쓴 보람을 얻을 수 없다는 뜻.

♠ 한 냥짜리 굿 하다가 백 냥짜리 정 깨뜨린다

☞ 뜻풀이 : 작은 이익에 급급하다가 오히려 더 큰 손해를 보게 되었다는 뜻.

♠ 한 노래 긴 밤 새울까

☞ 뜻풀이 : 별로 더 이상 발전 가능성이 없어 보이는 일만 가지고 허송 세월 하지 말고
그만둘 때가 되면 그만두고 딴 일을 하라는 뜻.

♠ 한 달이 크면 한 달이 작다

☞ 뜻풀이 : 모든 일이 한 번 좋게 해결되면 한 번은 힘들게 해결저어진다는 뜻.

♠ 혀가 부지런하여 손발이 느리다

☞ 뜻풀이 : 말로만 무엇이든 할 수 있을 것처럼 떠드는 사람이 대개 그 말을 실행으로 옮기지는 못한다는 뜻.

♠ 한라산이 금 덩어리라도 쓸 놈 없으면 못 쓴다

☞ 뜻풀이 : 아무리 귀중한 재물일지라도 그것을 활용할 수 있는 사람이 있어야만 그 것이 제 진가를 발휘할 수 있다는 뜻.

♠ 한 사람 가는 길로 가지 말고 열 사람 가는 길로 가라

☞ 뜻풀이 : 한두 사람의 의견보다는 대중의 의견을 따라야 어떤 일을 처리함에 실패와 위험 부담이 적다는 뜻.

♠ 항우(項羽)도 낙상할 때가 있다

☞ 뜻풀이 : 아무리 기운이 센 항우라도 보잘것없는 돌부리에 걸려서 쓰러질 경우가 있 다는 말이니, 아무리 자신만만한 사람이라도 실패할 때가 있다는 뜻.

♠ 헛물만 켠다

☞ 뜻풀이 : 아무런 대가나 보람도 없이 헛수고만 한다는 뜻.

♠ 호랑이 굴에 들어가야 호랑이도 잡는다

☞ 뜻풀이 : 호랑이 굴을 찾아야 호랑이를 발견하여 잡듯이 자신이 정한 목적을 달성하 려면 아무리 어려움과 고초가 있어도 회피하지 말고 맞서서 해결하려 해야 그 목적을 달성할 수 있다는 뜻.

♠ 호랑이를 그리려다 개를 그린다

☞ 뜻풀이 : 처음에 세웠던 큰 목적을 이루지 못하고 엉뚱한 결과를 초래한 서투른 솜 씨를 이르는 말.

♠ 호랑이에게 물려갈 줄 알면 누가 산에 갈까

☞ 뜻풀이 : 어떠한 일이 좋지 않고 위험한 줄을 처음부터 알았다면 아무도 그 일을 무릅쓰고 하지 않을 것이 당연하듯이 누구나 일을 처음 시작할 때는 그 일이 실패하리라고는 생각하지 않는다는 뜻.

♠ 호미로 막을 것을 가래로 막는다

☞ 뜻풀이 : 처음에 해결했으면 쉽게 해결할 수 있었던 문제를 그냥 방치해 두어 결국 나중에 가서는 수습하기가 몹시 어려울 정도가 되어 버렸다는 뜻.

♠ 호박은 떡잎부터 좋아야 한다

☞ 뜻풀이 : 모든 일은 시작할 때부터 잘 풀려야 한다는 뜻.

♠ 혼자서 북 치고 장구 친다

☞ 뜻풀이 : 여러 사람이 서로 분담해서 해야 할 일인데도 저 잘난 듯이 혼자서 다 도맡아 하는 어리석은 사람을 이르는 말.

♠ 홍시 먹다가 이 빠진다

☞ 뜻풀이 : 아무리 쉬운 일에도 실수가 있을 수 있으니 매사에 조심스럽고 신중하게 행동해야 한다는 뜻.

♠ 홧김에 서방질한다

☞ 뜻풀이 : 울분을 이기지 못하여 이성을 잃고 차마 해서는 안될 행동을 한다는 뜻.

♠ 황소 불알 떨어지기만 기다린다

☞ 뜻풀이 : 정작 해야 할 노력은 하지 않고 가만히 앉아서 요행만을 바라는 어리석은 행동을 이르는 말.

♠ 후장 떡이 클지 작을지 누가 아나

☞ 뜻풀이 : 일이 어떻게 진행될지는 아무도 짐작할 수 없다는 뜻.

아버지를 공경하는 사람은 다른 사람을 얕보지 않는다   제4부

아버지를 공경하는 사람은
다른 사람을 얕보지 않는다

— 효경

♠ 개도 은혜를 안다

☞ 뜻풀이 : 개도 자신을 돌보아 주는 주인에게 받은 은혜를 알듯이 사람 또한 자신이
받은 은혜나 부모님에 대한 은공을 무시하고 잊어서는 안 된다는 뜻.

♠ 개도 제 주인은 물지 않는다

☞ 뜻풀이 : 은혜를 베풀어 준 은인이나 부모가 자신에게 잘못을 했더라도 자신이 받은
큰 은혜를 순식간에 잊어버리고 도리어 그 사람에게 해가 되는 행동을 해
서는 안 된다는 뜻.

♠ 거지는 고마운 줄을 모른다

☞ 뜻풀이 : 항상 다른 사람에게서 도움만 받는 사람은 다른 사람들이 자신을 도와주는
것을 너무나 당연하게 여겨서 고마움을 느끼지 못하게 된다는 뜻.

♠ 굽은 나무가 선산을 지킨다
☞ 뜻풀이 : 굽어서 쓸모가 없는 나무는 나무꾼에게 외면을 당해 오랫동안 선산을 지킬 수 있듯이 못난 자식이 오히려 집에 남아 부모를 섬기며 효도한다는 뜻.

♠ 귀엽게만 기른 자식이 어미 꾸짖는다
☞ 뜻풀이 : 자식을 귀엽게만 키우면 그 자식은 어머니가 자기에게 쏟아준 사랑은 아랑곳하지 않고 오히려 어머니를 가르치려 든다는 뜻.

♠ 귀한 자식 매 한 대 더 때리고, 미운 자식 떡 하나 더 준다
☞ 뜻풀이 : 귀하게 자란 자식이 버릇이 없게 되기 쉬우므로 엄하게 가르쳐야 하고 미운 자식은 정을 들이기 위해서라도 오히려 더 잘 대해 주어야 한다는 뜻.

♠ 그 아비에 그 자식이다
☞ 뜻풀이 : 자식은 아버지의 성격이나 성품을 본받으며 자라게 되므로, 아버지의 성품이 바르지 못하면 자식도 그 아버지를 닮아 성품이나 행실이 좋지 못하다는 뜻.

♠ 나라 상감님도 늙은이는 대접한다
☞ 뜻풀이 : 나랏님도 경륜이 많은 노인을 대접하듯이 노인을 공경하고 섬길 줄 알아야 한다는 뜻.

♠ 나쁜 소도 좋은 송아지를 낳는다
☞ 뜻풀이 : 아무리 못난 부모 밑일지라도 훌륭한 자식이 나올 수 있다는 뜻.

♠ 나쁜 아비도 나쁜 자식은 원하지 않는다
☞ 뜻풀이 : 제아무리 나쁜 부모일지라도 자식만큼은 자신의 나쁜 점을 닮지 말고 훌륭한 사람이 되길 바란다는 뜻.

♠ 남의 열 아들 부럽지 않다

☞ 뜻풀이 : 자기 자식이 다른 사람의 많은 아들에 못지 않거나 그보다 낫다는 뜻으로 자기 자식을 자랑하여 이르는 말.

♠ 남의 자식 흉보면 제 자식도 그 아이 닮는다

☞ 뜻풀이 : 자신이 남을 나쁘게 평가하면 다른 사람도 나를 좋지 않게 말하게 되므로 절대로 다른 이를 비방하거나 흉보지 말라는 뜻.

♠ 내리사랑은 있어도 치사랑은 없다

☞ 뜻풀이 : 윗사람이 아랫사람을 사랑하는 경우는 있어도 아랫사람이 윗사람을 사랑 하기는 어렵다는 말.

♠ 노인 박대는 나라도 못 한다

☞ 뜻풀이 : 노인들이 늙고 약하다고 해서 업신여겨서는 안 되며 그분들이 젊었을 때 피땀 흘려 노력하여 일구어온 사회이므로 오히려 그들을 더욱더 공경하고 대접해 드려야 한다는 뜻 .

♠ 눈 먼 자식이 효자 노릇한다

☞ 뜻풀이 : 불구의 자식이 도리어 정상적인 자식보다 효행이 더 뛰어나듯 생각지도 않 았던 사람으로부터 뜻밖의 은혜를 입게 된다는 뜻.

♠ 늙은 개는 함부로 짖지 않는다

☞ 뜻풀이 : 나이 들어 경륜이 있는 사람은 인생의 경험이 많으므로 함부로 경거망동한 행동을 하지 않는다는 뜻.

♠ 늙은이 잘못하면 노망으로 치고 젊은이 잘못하면 철없는 것으로 친다

☞ 뜻풀이 : 늙은이가 잘못하면 노망이 들어서 그러려니 하고 어린 사람이 잘못하면 철이 없어서 그러려니 생각하듯이 잘못된 일을 정당한 이유에서가 아니라 나이나 이러저러한 구실에 붙여 별스럽지 않은 것으로 보는 것을 경계하여 이르는 말.

♠ 달 밝은 밤이 흐린 낮만 못하다

☞ 뜻풀이 : 아무리 자식의 효성이 지극하다고 할지라도 가정에 충실하지 못한 남편보다는 못하다는 뜻.

♠ 도둑놈도 제 자식은 착하게 되라고 한다

☞ 뜻풀이 : 자기는 악행을 일삼는 파렴치한이라고 할지라도 자기 자식에게만큼은 착한 사람이 되라고 가르친다는 뜻.

♠ 돈 놓고는 못 웃어도 아이 놓고는 웃는다

☞ 뜻풀이 : 돈이 아무리 많아도 돈 자체는 삶의 기쁨이나 활력소가 되지 못하지만, 자식은 부모에게 큰 기쁨과 활력소가 된다는 뜻.

♠ 동네 어른도 찾아본다

☞ 뜻풀이 : 손위 어른께 인사를 잘 해야 한다는 뜻.

♠ 동생이 형보다 낫다면 싫어해도 아비보다 낫다면 좋아한다

☞ 뜻풀이 : 형보다 동생이 더 낫다고 하면 형은 싫어하지만, 부모는 자식이 자신들보다 더 잘 낫다고 하면 좋아한다는 뜻.

♠ 딸은 부잣집으로 보내고 며느리는 가난한 집에서 데려와야 한다

☞ 뜻풀이 : 딸은 부잣집으로 출가시켜 호강하며 살게 하고 며느리는 가난한 집에서 데
려와 알뜰하게 살림을 잘 하게 하는 것이 부모의 욕심이라는 뜻.

♠ 딸을 보지 말고 그 어미를 먼저 보아라

☞ 뜻풀이 : 딸은 보통 어머니의 영향을 많이 받으므로 그 어머니의 품행을 보면 딸의
품성도 가늠할 수 있다는 뜻.

♠ 땅에서 솟았나 하늘에서 떨어졌나

☞ 뜻풀이 : 전혀 예견하지 않던 갑작스런 일이 일어났을 경우나 자신을 이 세상에 나
오게 해준 부모와 조상을 몰라보는 사람을 이르는 말.

♠ 맑은 샘에서 맑은 물이 난다

☞ 뜻풀이 : 좋은 부모나 좋은 가문에서 훌륭한 자식이 나온다는 뜻.

♠ 매로 키운 자식이 효성이 있다

☞ 뜻풀이 : 자식의 장래를 위해 자식의 잘못을 호되게 꾸짖어 키우면 그 자식도 커서
부모의 그 마음을 헤아려 효도를 하게 된다는 뜻.

♠ 머리털을 베어 신발을 삼는다

☞ 뜻풀이 : 무슨 짓을 해서든지 부모님이나 은인의 은혜에 잊지 않고 보답하려는 심성
을 이르는 말.

♠ 며느리 사랑은 시아버지, 사위 사랑은 장모

☞ 뜻풀이 : 보통 시어머니보다는 시아버지가 며느리를 더 귀여워하며, 사위는 장인보
다 장모가 더 사랑한다는 뜻.

♠ 물건은 남의 것이 좋아 보이고 아들은 제 자식이 잘나 보인다

☞ 뜻풀이 : 가지고 있는 물건은 다른 사람의 물건이 더 좋아 보이게 마련이지만 자식은 남의 자식보다 자기 자식이 더 잘나 보인다는 뜻.

♠ 봉이 봉 새끼를 낳는다

☞ 뜻풀이 : 훌륭한 부모 밑에서 자란 아이는 부모에게서 좋은 영향을 받아서 부모와 같이 위대한 사람이 된다는 뜻.

♠ 부모가 온 효자 되어야 자식이 반 효자 된다

☞ 뜻풀이 : 자식은 부모가 하는 것을 보고 배우게 되므로 자식을 효성이 있고 선한 사람으로 키우려면 부모가 더욱 본을 잘 보여야 한다는 뜻.

♠ 부모가 착해야 효자 난다

☞ 뜻풀이 : 부모에게서 좋은 감화를 받아야 자식도 선하고 효성이 지극한 사람이 되며 윗사람이 잘 해야 아랫사람도 본을 받아 잘 한다는 뜻.

♠ 부모는 먹지 않고 자식을 주고 자식은 먹고 남아야 부모를 준다

☞ 뜻풀이 : 부모가 자식을 생각하는 마음은 자식이 부모 생각하는 마음에 도저히 미칠 수 없을 정도로 크다는 뜻.

♠ 부모는 문서 없는 종이다

☞ 뜻풀이 : 부모는 자식을 위하여 한평생 자식을 돌보고 교육시키느라 고생만 하며 늙어 죽어간다는 뜻.

♠ 부모 말을 들으면 자다가도 떡이 생긴다
☞ 뜻풀이 : 부모의 말씀을 잘 섬기고 부모의 뜻을 잘 따르면 자신에게 이로울 망정 해로울 수 없다는 뜻.

♠ 부모 속에는 부처가 들어 있고 자식 속에는 앙칼이 들어 있다
☞ 뜻풀이 : 모든 부모는 자식들에게 자신의 모든 것을 희생해 가면서 사랑과 정성을 다하지만 자식은 부모에게 늘 불평 불만만 한다는 뜻.

♠ 부모 속이지 않는 자식 없다
☞ 뜻풀이 : 대개의 사람들은 정도의 차이는 있지만 부모에게 거짓말을 하여 속이게 마련이라는 뜻.

♠ 부모의 마음을 십분의 일만 알아줘도 효자다
☞ 뜻풀이 : 자식에 대한 부모의 마음을 조금만 헤아릴 수 있어도 효자라는 말을 들을 수 있다는 뜻.

♠ 부모의 정은 자식에게 약이다
☞ 뜻풀이 : 제아무리 못된 사람이라도 부모의 끝없는 사랑과 관심만 있다면 마음이 움직여 개과천선할 수도 있다는 뜻.

♠ 부부가 참지 않으면 자식들을 외롭게 만든다
☞ 뜻풀이 : 부부가 서로를 이해하지 못해 싸움을 자주 하게 되면 결국 아이들이 불행하게 될 수밖에 없다는 뜻.

♠ 부처님 공양 말고 배고픈 사람에게 밥을 먹여라
☞ 뜻풀이 : 자신의 복을 구하기 위해 부처님께 공양을 하는 것보다는 차라리 눈앞에 보이는 어려운 사람에게 도움을 주는 것이 훨씬 더 선한 행동이고 부처의 마음이란뜻.

♠ 불면 꺼질까 쥐면 터질까
☞ 뜻풀이 : 자녀에 대한 사랑이 커서 아주 곱게 다뤄 가며 애지중지 키운다는 뜻.

♠ 사나운 개도 먹이 주는 사람을 안다
☞ 뜻풀이 : 자기에게 은혜를 베풀어주는 사람과 자신을 항상 염려해주고 생각해주시는 부모님은 누구나 고맙게 여긴다는 뜻.

♠ 사람이면 다 사람인가 사람다워야 사람이지
☞ 뜻풀이 : 사람이라면 사람의 도리를 다해야 진정한 사람이라고 할 수 있다는 뜻.

♠ 사랑은 내리사랑
☞ 뜻풀이 : 부모는 자식을 맹목적으로 사랑하나 아무리 자식이 부모를 많이 생각한다고 해도 부모의 자식 사랑에는 비길 수가 없다는 뜻.

♠ 사위도 반 자식이라
☞ 뜻풀이 : 사위도 때로는 친자식 못지않게 자식 노릇을 할 때가 있다는 뜻.

♠ 소 제 새끼 핥아 주듯 한다
☞ 뜻풀이 : 하찮은 짐승도 제 새끼는 애지중지 보호하듯이 부모가 자식을 귀여워하고 애지중지 생각하는 것은 당연하다는 뜻.

♠ 아들네 집 가 밥 먹고, 딸네 집 가 물 먹는다

☞ 뜻풀이 : 딸네 집의 살림을 걱정하여 밥은 아들네 집에서 먹고 딸의 집에서는 물을 마신다는 것으로 딸의 살림살이를 아끼고 생각해 주는 부모의 마음을 이르는 말.

♠ 아버지는 똑똑한 자식을 더 사랑하고 어머니는 못난 자식을 더 사랑한다

☞ 뜻풀이 : 남자들에게는 야망이 있으므로 아버지는 자식 중에서 똑똑한 자식을 더 사랑하게 되고 어머니는 진한 모성애가 있으므로 자식 중에서도 못난 자식에게 더 애틋한 사랑을 쏟는다는 뜻.

♠ 아비만한 자식 없고 형만한 아우 없다

☞ 뜻풀이 : 아무리 똑똑한 사람이라도 손윗사람의 경륜은 따를 수가 없다는 뜻으로 경험은 지식을 앞선다는 뜻.

♠ 아이는 사랑하는 데로 붙는다

☞ 뜻풀이 : 아이들이란 순진무구하기 때문에 자기를 사랑해주고 잘해주는 사람을 더 잘 따르게 된다는 뜻.

♠ 아이는 흉년이 없다

☞ 뜻풀이 : 아무리 흉년이 들어 양식이 바닥난다 해도 부모는 자신은 굶더라도 어린 자식만큼은 굶지 않게 하려고 애쓴다는 뜻.

♠ 아이 보는 앞에서는 찬물도 못 마신다

☞ 뜻풀이 : 아이들은 순진하여 어른들이 행동하는 모습을 그대로 따라 하게 되므로 어른들은 아이들 앞에서는 항상 조심스럽게 행동해야 한다는 뜻.

♠ 어버이가 생각하듯 어버이를 생각하는 자식 없다

☞ 뜻풀이 : 제 아무리 효자라도 자식이 부모 생각하는 마음은 부모가 자식 생각하는
마음에는 어림도 없다는 뜻.

♠ 얼러 키운 효자 없다

☞ 뜻풀이 : 자식을 어려서부터 응석을 다 받아주며 버릇없이 키우면 나중에 성장해서
는 부모를 공경할 줄 모르게 된다는 뜻.

♠ 여우도 죽을 때는 머리를 언덕 쪽으로 돌린다

☞ 뜻풀이 : 여우도 죽을 때는 자기가 살던 고향을 향해 머리를 두고 눕듯 누구에게나
고향을 그리워하는 애틋한 향수가 있다는 뜻.

♠ 열 손가락 물어서 안 아픈 손가락 없다

☞ 뜻풀이 : 부모는 잘난 자식이나 못난 자식이나 할 것 없이 자신이 낳은 모든 자식을
다 사랑스럽게 여긴다는 뜻.

♠ 열 자식이 한 부모 못 모신다

☞ 뜻풀이 : 자식이 아무리 많다 하더라도 서로들 부모 모시기를 꺼려하고 다른 형제들
에게 서로 미루기 때문에 정작 부모는 의지할 곳이 없게 되어 말년이 외롭
게 된다는 뜻.

♠ 오이는 씨가 있어도 도둑은 씨가 따로 없다

☞ 뜻풀이 : 비록 아무리 아버지가 나쁜 짓을 한다고 하더라도 반드시 그 자식도 아버
지를 따라서 나쁜 짓을 하는 것은 아니라는 뜻.

♠ 외아들에 효자 없다

☞ 뜻풀이 : 외아들은 어려서부터 응석부리는 것을 다 받아주며 귀여움만 받으며 커왔기 때문에 성장해서도 자기만 알고 부모 생각은 하지 않게 된다는 뜻.

♠ 윗물이 맑아야 아랫물도 맑다

☞ 뜻풀이 : 부모가 행실이 바르면 자식들도 그 행실을 보고 배우게 되며 윗사람이나 상관이 정직해야 아랫사람도 그 영향을 받아 정직하게 된다는 뜻.

♠ 육친이 불화하면 집안이 망한다

☞ 뜻풀이 : 가정이 화목하지 않으면 밖에서 하는 일도 뜻대로 되지 않아 가세가 기울 수밖에 없다는 뜻.

♠ 이 효자 저 효자 해도 늙은 홀아비 중신하는 자식이 효자다

☞ 뜻풀이 : 아무리 효자라고 해도 이미 홀로 된 나이 든 아버지를 장가들여 보내주는 자식이 효자 중에 가장 큰 효자라고 이르는 말.

♠ 자식도 품안에 자식이다

☞ 뜻풀이 : 아무리 자기 속으로 낳은 자식이라고 할지라도 어릴 때나 자기 자식이지 일단 성장하고 나면 부모라고 해도 그 자식을 마음대로 어찌할 수 없다는 뜻.

♠ 자식 많은 사람은 입찬소리 못 한다

☞ 뜻풀이 : 자식을 많이 둔 부모는 그 많은 자식 중에 어떤 사람이 나올지 모르는 일이므로 결코 남의 자식 흉을 함부로 보아서는 안 된다는 뜻.

♠ 자식 많은 어미 허리 펼 날 없다

☞ 뜻풀이 : 자식을 많이 둔 부모는 그 많은 자식들을 돌보느라 한평생 허리 펼 날 없이 고생만 하게 된다는 뜻.

♠ 자식 수치가 부모 수치다

☞ 뜻풀이 : 자식이 잘못하면 부모까지 덩달아서 욕을 먹게 되므로 자식의 수치가 곧 부모의 수치가 된다는 뜻.

♠ 자식 씨와 감자 씨는 못 속인다

☞ 뜻풀이 : 좋은 감자 종자에서 좋은 감자가 나올 수 있듯이 좋은 부모 밑에 훌륭한 자식이 나오게 된다는 뜻.

♠ 자식 웃기기는 어려워도 부모 웃기기는 쉽다

☞ 뜻풀이 : 부모가 자식 비위를 맞추기는 어렵지만 자식이 부모의 비위 맞추기는 훨씬 쉬운데도 자식은 그것마저 하려들지 않는다는 말로 불효한 자식을 이르는 말.

♠ 자식은 낳기보다 기르기가 어렵다

☞ 뜻풀이 : 자식을 낳는 것도 힘든 일이지만 낳은 자식을 훌륭한 사람으로 키우는 일이 더 힘들다는 뜻.

♠ 자식은 있어도 걱정이요, 없어도 걱정이다

☞ 뜻풀이 : 자식이 있으면 양육 문제로 걱정스럽고 자식이 없으면 없는 대로 가문의 대가 끊어질까봐 걱정스럽다는 뜻.

♠ 자식은 제 자식이 더 곱고 계집은 남의 계집이 더 곱다

☞ 뜻풀이 : 부모의 입장에서 자식은 다른 사람의 자식보다 자기 자식이 더 잘생겨 보이고 남편의 입장에서 부인은 다른 사람의 부인이 자기 부인보다 더 예뻐 보인다는 뜻.

♠ 자식은 키우는 재미다

☞ 뜻풀이 : 대개 부모는 나중에 자식에게서 덕을 보기 위해 자식을 키우는 것이 아니라 자식이 커가는 것을 보는 재미로 키운다는 뜻.

♠ 자식을 길러 봐야 부모 은공을 안다

☞ 뜻풀이 : 자식도 결혼하여 자식을 낳아서 부모의 입장이 되어 보아야 비로소 부모님의 사랑을 깨달을 수 있게 된다는 뜻.

♠ 자식이 부모의 맘 반이면 효자 된다

☞ 뜻풀이 : 자식에 대한 부모의 사랑은 자식이 생각하는 것에 비할 바가 없이 크다는 것을 비유하여 이르는 말.

♠ 자식 잘못 기르면 호랑이만 못하다

☞ 뜻풀이 : 자식을 변변치 못한 인간으로 키워 놓으면 뒷날 돌이킬 수 없는 걱정과 근심을 얻게 된다는 뜻.

♠ 자식치고 부모 속 안 썩인 자식 없다

☞ 뜻풀이 : 불효의 정도 차이는 있을 수 있으나 자식이라면 누구든지 부모 마음을 썩이지 않는 자식이 없다는 뜻.

♠ 잔병에 효자 없다

☞ 뜻풀이 : 부모가 잔병이 잦아서 늘 앓고만 있으면 자식은 부모 간호에 지치게 되어 본의 아니게 부모를 서운하게 해 드릴 때가 있다는 뜻.

♠ 제 부모를 섬길 줄 알면 남의 부모도 섬길 줄 안다

☞ 뜻풀이 : 자기의 부모를 잘 섬길 줄 아는 효자는 다른 사람의 부모도 잘 공경하게 된다는 뜻.

♠ 제 부모를 위하려면 남의 부모를 위해야 한다

☞ 뜻풀이 : 자기 부모를 잘 섬기고 공경하려면 다른 사람도 자기 부모에게 대하여 공경해야 하므로 제가 먼저 다른 사람의 부모에게도 극진히 대해야 한다는 뜻.

♠ 제 새끼 잡아먹는 호랑이는 없다

☞ 뜻풀이 : 아무리 무섭고 사악한 사람이라고 하더라도 자기 자식에게는 인정스럽다는 뜻.

♠ 제 집 어른 섬기면 남의 어른도 섬긴다

☞ 뜻풀이 : 자기 집에서 잘 하는 사람은 밖에 나가서도 행실 좋게 행동한다는 뜻.

♠ 종갓집 망해도 향로와 촛대는 남는다

☞ 뜻풀이 : 명문가는 비록 집안이 망할지라도 사람이 지켜야 할 예의와 범절은 꼭 지킨다는 뜻.

♠ 집이 가난하면 효자가 나고, 나라가 어지러우면 충신이 난다

☞ 뜻풀이 : 오히려 가난한 집에서 부모를 공경하는 효자가 나오고, 나라가 어려울 때 오히려 충신이 나오게 된다는 뜻.

♠ 충신을 구하려면 반드시 효자 문중에서 골라야 한다

☞ 뜻풀이 : 자기 부모를 극진히 잘 섬길 줄 아는 효자는 나라에도 충성을 다할 수 있는 인물이므로 충신을 얻으려면 효자 문중에서 골라야 한다는 뜻.

♠ 큰 효는 한평생 부모를 사모하는 것이다

☞ 뜻풀이 : 이 세상에서 가장 큰 효는 부모에게 물질적으로만 잘 해드리는 것이 아니라 극진히 부모를 사랑하며 공경하는 것이라는 뜻.

♠ 키운 정이 낳은 정보다 낫다

☞ 뜻풀이 : 맡아서 키운 사람에 대한 정이 낳기만한 어머니에 대한 정보다 두텁고 깊다는 뜻으로, 자식에 대한 사랑은 공들여 키우는 속에 깊어지는 것이며, 사람을 맡아 가르치는 것이 힘이 들기는 하나 보람 있고 중요한 일임을 강조하여 이르는 말.

♠ 품안에 자식이다

☞ 뜻풀이 : 산고의 고통을 겪으며 낳은 자식도 품에 있을 때나 부모 말을 듣지 일단 어느 정도 자라게 되면 부모의 뜻과는 달리 점점 거리가 생긴다는 뜻.

♠ 할머니 손은 약손이다

☞ 뜻풀이 : 옛날부터 민간으로 전해오는 이야기로 배가 아프다가도 할머니가 정성껏 따뜻한 손으로 배를 만져 주면 금방 낫는다는 뜻.

♠ 형제는 손발과 같다

☞ 뜻풀이 : 한 부모에게서 나온 형제는 마치 손과 발같이 따로 떨어질 수 없는 존재이므로 서로가 의지하고 도우며 살아야 한다는 뜻.

♠ 호랑이가 사납다고 제 새끼 잡아먹으랴
☞ 뜻풀이 : 아무리 성질이 포악한 사람도 제 자식만은 끔찍하게 사랑한다는 뜻.

♠ 호랑이도 자식 난 골에는 두남둔다
☞ 뜻풀이 : 짐승도 제 새끼를 사랑하는데 하물며 사람이 제 자식 사랑하는 것은 더 말할 나위가 없다는 뜻.

♠ 호랑이도 죽을 때는 제 집을 찾는다
☞ 뜻풀이 : 다른 사람들에게는 하찮고 별 볼일 없어 보여도 자기가 살던 고향집에 대해서는 누구나 다 애향심과 향수를 갖고 있다는 뜻.

♠ 효부 없는 효자 없다
☞ 뜻풀이 : 며느리가 착하고 시부모 공경할 줄 알아야 아들도 부모에게 효도할 수 있다는 뜻.

♠ 효성이 지극하면 돌 위에 풀이 난다
☞ 뜻풀이 : 어버이에 대한 자식의 효성이 지극하면 기적적인 천우신조도 있게 되는 법이라는 뜻.

행복이나 불행은 사람이 불러들인다   제5부

행복이나 불행은 사람이 불러들인다

— 좌전

♠ 가까운 집은 깎이고 먼데 절은 비친다

☞ 뜻풀이 : 좋은 사람이라도 늘 접촉하면 그 진가를 알지 못하고 그 반대로 멀리 있는 사람은 직접 잘 모르면서도 과대평가하기 쉽다는 뜻.

♠ 가까이 앉아야 정이 두터워진다

☞ 뜻풀이 : 가까이 있으면서 자주 시간을 같이해야 서로 정이 더 두터워진다는 뜻.

♠ 가난이 죄다

☞ 뜻풀이 : 가난으로 인해 불행이나 고통을 받게 되거나 어쩔 수 없는 상황에서 여러 범죄를 저지를 수 있다는 뜻.

♠ 가난할수록 기와집 짓는다
☞ 뜻풀이 : 가난하다고 해서 애초부터 포기하는 것이 아니라 가난한 환경일수록 더 큰 꿈을 가지고 용기 있게 결단을 내려 잘살아 보려고 노력을 한다는 뜻.

♠ 가는 말이 고와야 오는 말이 곱다
☞ 뜻풀이 : 상대방에게 듣기 좋은 말을 하면 상대방도 나에게 좋은 말을 하게 된다는 뜻.

♠ 가는 방망이 오는 홍두깨
☞ 뜻풀이 : 세상 일이 내가 남에게 조금이라도 잘 못하면, 나에게는 더 큰 해가 돌아온다는 뜻.

♠ 가는 사람 막지 말고 오는 사람 쫓지 말라
☞ 뜻풀이 : 억지로 되지 않는 일에 구태여 매달리지 말고, 차라리 흘러가는 대로 두라는 뜻.

♠ 가는 정이 있어야 오는 정도 있다
☞ 뜻풀이 : 내가 먼저 상대방에게 정을 주게 되면 상대방도 나에게 인정을 베풀게 된다는 뜻.

♠ 가는 토끼 잡으려다 잡은 토끼 놓친다
☞ 뜻풀이 : 욕심을 너무 크게 부려 한꺼번에 여러 가지를 하려다가 이미 이룬 일까지 실패로 돌아가고 하나도 못 이룬다는 말.

♠ 가까이 앉아야 정이 두터워진다
☞ 뜻풀이 : 가까이 있으면서 자주 시간을 같이해야 서로 정이 더 두터워진다는 뜻.

♠ 가루는 칠수록 고와지고 말은 할수록 거칠어진다

☞ 뜻풀이 : 가루는 치면 칠수록 더 고와지지만 말은 그와 달라서 많아질수록 실수를 하게 되므로 말을 많이 할수록 더욱 말조심을 해야 한다는 뜻.

♠ 가슴에 못을 박는다

☞ 뜻풀이 : 부주의한 언행이나 사건으로 상대방의 맘에 치명적인 상처를 준다는 뜻.

♠ 강물도 쓰면 준다

☞ 뜻풀이 : 어떤 물건의 양이 아무리 많다고 해도 함부로 헤프게 쓰면 나중에는 줄게 되므로 많이 있다고 해도 없어지고 나서 후회하지 말고 있을 때 더욱 아껴 써야 한다는 뜻.

♠ 강한 장수에게는 약졸이 없다

☞ 뜻풀이 : 강한 장수에게는 내버릴 병사가 없다는 뜻으로 사람은 누구나 잘 이끌어주면 훌륭해진다는 것을 교훈적으로 이르는 말.

♠ 같은 말이라도 '아' 다르고 '어' 다르다

☞ 뜻풀이 : 같은 말을 하더라도 말투나 어감에 따라 그 말을 듣는 사람의 기분이 좋을 수도 있고 나쁠 수도 있다는 뜻.

♠ 개를 따라가면 측간으로 간다

☞ 뜻풀이 : 못된 사람과 어울려 다니면 자신도 좋지 않은 영향을 받게 되고 가지 말아야 할 곳도 가게 된다는 뜻.

♠ 개와 친하면 똥칠만 당한다
☞ 뜻풀이 : 어리석은 사람이나 질이 좋지 않은 사람들을 가까이 하면 자신도 그들에게서 나쁜 영향을 받을 수 있고 이로울 것이 전혀 없다는 뜻.

♠ 개천에서 용 난다
☞ 뜻풀이 : 얕은 개천의 물에서 용이 나온 것같이 변변찮은 집안에서 보기 드문 훌륭한 인물이 나왔다는 뜻.

♠ 계란에도 뼈가 있다
☞ 뜻풀이 : 무슨 일을 하든지 잘 풀리지 않는 사람이 모처럼 좋은 기회를 만났으나 역시 잘 안 된다는 뜻.

♠ 공중을 쏘아도 알관만 맞춘다
☞ 뜻풀이 : 큰 수고를 들이지 않고 한 일이 의외로 아주 큰 성과를 거두게 되는 경우를 이르는 말.

♠ 국 쏟고 뚝배기 깬다
☞ 뜻풀이 : 어떤 일이 잘못되기 시작되면 그 일과 관련되는 다른 일까지도 그르치게 되는 경우가 있다는 뜻.

♠ 기침에 재채기까지 한다
☞ 뜻풀이 : 어떤 일이 한 번 꼬이게 되면 계속해서 주변의 일들이 꼬인다는 말.

♠ 길은 갈 탓이요, 말은 할 탓이라
☞ 뜻풀이 : 사람의 말과 행동은 자기가 하기 나름이라는 뜻.

♠ 길이 아니거든 가지를 말고 말이 아니거든 듣지를 말라

☞ 뜻풀이 : 정도에 어긋난 일이면 아예 시작하지도 말고 옳지 않은 말은 아예 듣지도 말라는 뜻.

♠ 까마귀 날자 배 떨어진다

☞ 뜻풀이: 어떤 행동을 하자마자 다른 안 좋은 일이 뒤따라 일어나 오해를 받게 되는 경우를 이르는 말.

♠ 까치가 울면 귀한 손님이 온다

☞ 뜻풀이 : 까치는 길조이므로 아침에 까치 울음을 들으면 그날 반가운 소식이 있거나 반가운 손님이 온다는 뜻.

♠ 고독한 천재보다는 행복한 범인(凡人)이 되겠다

☞ 뜻풀이 : 혼자만 특출나게 똑똑하거나 최고인 듯 잘난 체만 하면 사람들이 멀리하게 되고 외롭게 되므로 너무 알아도 모르는 척 보통사람처럼 살아야 한다는 말.

♠ 고르다 고르다 비단 공단 다 놓치고 삼베 고른다더니

☞ 뜻풀이 : 오래 보고 고르다 보면 실제로 별로 좋지 못한 것을 고르게 된다는 말.

♠ 고양이 보고 반찬가게 지켜 달란다

☞ 뜻풀이: 고양이 보고 반찬 가게를 지키라고 한다면, 그 놈이 지키기는커녕 되려 훔쳐 먹을 것이니, 믿지 못할 사람에게 귀중한 물건을 맡길 때 쓰는 말.

♠ 고운 사람 미운 것 없고, 미운 사람 고운 데 없다

☞ 뜻풀이: 남을 한번 좋게 생각하면, 그 사람 하는 일은 다 좋게 보이고, 한번 밉게 보면 모두 밉게만 생각된다는 뜻.

♠ 꽃이 좋아야 나비가 모인다
☞ 뜻풀이 : 물건이 좋아야 살 사람도 많이 생기게 된다는 뜻.

♠ 꿩 먹고 알 먹는다
☞ 뜻풀이 : 일거양득이란 말과 같이 하나의 수고를 하여 두 가지 이득을 보게 되는 경우를 이르는 말.

♠ 남의 복은 끌로도 못 판다
☞ 뜻풀이 : 복은 하늘이 주시는 것이므로 아무리 자신의 이기심으로 남의 복을 탐낸다고 해도 남의 복을 가질 수는 없다는 뜻.

♠ 남편 덕을 못 보면 자식 덕도 못 본다
☞ 뜻풀이 : 남편을 잘못 만나면 평생 동안 고생을 면하지 못한다는 뜻.

♠ 내 배가 부르니 평양 감사가 족하(足下) 같다
☞ 뜻풀이 : 자기 배가 부르니 남부러울 것이 전혀 없다는 뜻.

♠ 넘어져도 떡 광주리에만 넘어진다
☞ 뜻풀이 : 운이 좋은 사람은 나쁜 일일지라도 자기에게 유리한 쪽으로 결과가 이루어진다는 뜻.

♠ 넘어진 김에 똥이나 눈다
☞ 뜻풀이 : 자기에게 불리했던 상황을 도리어 자기에게 유리한 쪽으로 이용하려 함을 이르는 말.

116

♠ 넙치가 눈은 작아도 저 먹을 것은 다 본다
☞ 뜻풀이 : 아무리 못난 사람일지라도 제 앞가림이나 실속은 차릴 줄 안다는 뜻.

♠ 노름에 미치면 아내도 팔아먹는다
☞ 뜻풀이 : 도박에 한번 빠진 사람은 도박에 탕진할 돈을 마련하기 위해서 이성을 잃은 행동까지도 서슴지 않고 자행하게 된다는 뜻.

♠ 노처녀가 시집을 가려니까 등창이 난다
☞ 뜻풀이 : 노처녀가 겨우 짝을 만나 시집을 가려고 하니 등창이 나서 못 가게 되는 것처럼 오랜만에 좋은 일이 생기는가 했더니 그 일을 가로막는 장애 요소가 발생해버린 것을 이르는 말.

♠ 누이 좋고 매부 좋다
☞ 뜻풀이 : 어떤 일이 있어 그 일을 한 사람 모두에게 다 이롭고 좋다는 뜻.

♠ 눈 가리고 아웅 한다
☞ 뜻풀이 : 어리석은 사람이 잔꾀로 다른 사람을 속이려고 음모를 꾸며봤자 상대방이 속아넘어가지 않는다는 뜻.

♠ 눈 찌를 막대기는 누구 앞에나 있다
☞ 뜻풀이 : 불행은 누구에게나 닥쳐오는 것이지만 언제 닥칠지 모르는 것이므로 항상 조심해야 한다는 뜻.

♠ 눈치가 빠르면 절에 가도 새우젓을 얻어먹는다
☞ 뜻풀이 : 재능이 있고 수완이 좋은 사람은 불가능해 보이는 일도 융통성 있게 잘 처리할 수 있다는 뜻.

♠ 늦잠자는 놈치고 잘사는 놈 못 봤다

☞ 뜻풀이 : 늦잠자는 사람은 대체적으로 자기 편하려고만 들고 게으르기 때문에 그런
사람은 잘살 수 없다는 뜻.

♠ 다 된 밥에 재 뿌린다

☞ 뜻풀이 : 순조롭게 잘 되어 가던 일에 막바지에 공교롭게도 방해가 되는 일이 발생
하여 망치게 된 경우를 이르는 말.

♠ 달도 차면 기운다

☞ 뜻풀이 : 어떤 일에든지 기복이 있기 마련이라 한번 성하면 망할 때도 있다는 뜻.

♠ 대명천지에 얼굴 들고 사립문 나서기가 두렵다

☞ 뜻풀이 : 지은 죄가 너무나 크고 양심의 가책을 느껴 얼굴 들고 사람을 만나고 다닐
면목이 없다는 뜻.

♠ 덕으로 이긴 사람은 흥하고, 힘으로 이긴 사람은 망한다

☞ 뜻풀이 : 다른 사람에게 덕을 베푸는 사람은 자신이 베푼 덕으로 인해 자신도 복을
받게 되지만 다른 사람을 억누르려고 핍박하는 사람은 자신이 행한 악한
행동 때문에 망하게 되다는 뜻.

♠ 덕은 닦은 데로 가고 죄는 지은 데로 간다

☞ 뜻풀이 : 사람들에게 덕을 베푼 사람은 베푼 만큼의 덕이 자기에게로 돌아오게 되고
악한 행동을 일삼는 사람은 자신이 지은 죄만큼의 벌이 돌아오게 된다는 뜻.

♠ 덕은 외롭지 않고 반드시 이웃이 있다

☞ 뜻풀이 : 평소 이웃에게 덕을 베푼 사람은 어떠한 어려움에 처하게 되더라도 이웃들의 도움과 성원이 있어 결코 외롭지 않다는 뜻.

♠ 덕이 많고 어진 사람의 외모는 어리석어 보인다

☞ 뜻풀이 : 어질고 덕이 많은 사람은 다른 사람에게 자기 자신을 결코 내세우지 않아 겉으로 보기에는 바보 같아 보이기까지 한다는 뜻.

♠ 덕이 있는 사람과는 대적할 수 없다

☞ 뜻풀이 : 덕이 있는 사람은 하늘도 돕기 때문에 그와 상대해서는 이길 수가 없다는 뜻.

♠ 도로아미타불이다

☞ 뜻풀이 : 애써 노력해서 이루어 놓은 것들이 순식간에 허사로 돌아가 버린 경우를 이르는 말.

♠ 독사의 입에서 독이 나온다

☞ 뜻풀이 : 본성이 악한 사람에게서는 결국 악한 행동만이 나온다는 뜻.

♠ 돈더미 위에 올라앉다

☞ 뜻풀이 : 큰 성공이나 갑작스런 행운으로 많은 돈을 벌 수 있게 되거나 큰돈을 모아 잘살 수 있게 됐다는 뜻.

♠ 돌에 오래 앉으면 따스해진다

☞ 뜻풀이 : 아무리 정이 없고 매정한 사람이라 하더라도 오래 사귀게 되면 따스한 정이 생겨나게 된다는 뜻.

♠ 되는 놈은 나무하다가도 산삼을 캔다

☞ 뜻풀이 : 행운이 늘 따라 주는 사람은 하는 일마다 다 잘되고 우연찮은 횡재도 본다는 뜻.

♠ 되는 집에는 가지나무에 수박이 열린다

☞ 뜻풀이 : 잘 되려면 하는 일마다 뜻밖의 좋은 수가 생겨 다 잘 된다는 뜻.

♠ 되로 주고 말로 받는다

☞ 뜻풀이 : 다른 사람에게 끼친 사소한 도움이나 해가 자신에게 그 배로 돌아오는 것을 이르는 말.

♠ 뒤로 넘어져도 코가 깨진다

☞ 뜻풀이 : 일이 잘 안 되려면 운도 잘 따라 주지 않아 나쁜 일만 거듭 일어난다는 뜻.

♠ 뒷걸음에 쥐 잡는 격이다

☞ 뜻풀이 : 뒷걸음질치다가 우연히 쥐를 밟아 잡듯이 운이 좋아 우연히 의도치 않은 행운을 만났다는 뜻.

♠ 들어오는 복을 차 던진다

☞ 뜻풀이 : 저절로 찾아오는 복도 막아 버리듯 방정맞고 경솔한 행동으로 잘 진행되던 일을 그르치게 되는 경우를 이르는 말.

♠ 떡 본 김에 제사지낸다

☞ 뜻풀이 : 하려던 일을 우연히 좋은 기회를 만나 같이 해 버린다는 뜻.

♠ 마음이 풀어지면 하는 일이 가볍다

☞ 뜻풀이 : 마음에 맺혔던 근심과 걱정이 사라지고 화가 풀리면 하는 일도 힘들지 않고 쉽게 된다는 뜻.

♠ 만날 뗑그렁

☞ 뜻풀이 : 쓸 돈이나 물건이 풍족하여 모든 일에 걱정이 없고 언제나 풍성하다는 뜻.

♠ 만족할 줄 아는 사람은 항상 넉넉하다

☞ 뜻풀이 : 현재의 자신의 위치와 환경에 만족할 줄 아는 사람은 언제나 넉넉하게 세상을 살아갈 수 있듯이 과욕을 부리지 말고 만족을 할 줄 알아야 행복한 삶을 영위할 수 있다는 뜻.

♠ 말 한마디에 천냥 빚도 갚는다

☞ 뜻풀이 : 말을 공손하고 논리정연하게 잘 하면 어려운 일이나 불가능한 일도 말로써 해결할 수 있으므로 언제나 말 한마디라도 신중하고 조리 있게 해야 한다는 뜻.

♠ 망할 놈 나면 흥할 놈 난다

☞ 뜻풀이 : 한 사람이 망하게 되면 한 사람이 흥하고, 한 사람이 흥하면 한 사람이 망하는 것이 세상 이치라는 뜻.

♠ 먹을 가까이 하면 검어진다

☞ 뜻풀이 : 먹을 가까이 하면 먹물의 검은 물이 들 수 있듯 좋지 못한 사람과 사귀면 악에 물들게 된다는 뜻.

♠ 먼지와 욕심은 쌓일수록 더럽다
☞ 뜻풀이 : 욕심이 많은 사람일수록 그 마음이 깨끗하지 못하게 되고 욕심을 더하면
더 할수록 사람이 추해진다는 뜻.

♠ 물이 깊어야 고기가 모인다
☞ 뜻풀이 : 덕망이 높고 성품이 좋은 사람에게 자연히 따르는 사람이 많이 모이게 된
다는 뜻.

♠ 미꾸라지 용 되었다
☞ 뜻풀이 : 미천하고 보잘것없던 사람이 성공하게 되었다는 뜻.

♠ 미꾸라지 한 마리가 온 웅덩이 물을 흐린다
☞ 뜻풀이 : 어떠한 한 집단에서 못된 사람 하나가 그 집단 내의 다른 사람들에게도 나
쁜 영향을 끼치게 되는 것을 이르는 말.

♠ 밀가루 장사 하면 바람이 불고, 소금 장사 하면 비가 온다
☞ 뜻풀이 : 운수가 사나우면 매번 하는 일마다 꼬여서 공교로운 일을 당하게 된다는 뜻.

♠ 바늘 도둑이 소도둑 된다
☞ 뜻풀이 : 사소한 나쁜 버릇도 자꾸 되풀이하게 되면 더욱 안 좋게 발전하여 나중에
는 큰 잘못을 저지르게 될 수도 있다는 뜻.

♠ 바람 부는 대로 돛을 단다
☞ 뜻풀이 : 세상을 살아가기 위해서는 세상 이치에 따라 순리적이고 합리적으로 행동
해야 한다는 뜻.

♠ 받은 밥상을 찬다
☞ 뜻풀이 : 자기에게 들어온 복을 자기가 차 내버리는 무모한 행동을 이르는 말.

♠ 밥술이나 먹게 생겼다
☞ 뜻풀이 : 얼굴이 복스럽게 생겨서 넉넉하게 잘 살겠다는 뜻.

♠ 밥 아니 먹어도 배부르다
☞ 뜻풀이 : 기쁜 일이 있어 마음이 만족으로 가득 차서 밥을 먹지 않아도 배가 부를 정 도라는 뜻.

♠ 벌린 입을 다물지 못하다
☞ 뜻풀이 : 벌린 입을 다물지 못할 정도로 너무나 기쁘거나 놀라하는 모습을 이르는 말.

♠ 병을 고치려면 먼저 마음이 병을 이겨야 한다
☞ 뜻풀이 : 병을 고치려면 약을 먹기에 앞서 병을 고칠 수 있다는 확고한 자신감을 가 져야 한다는 뜻.

♠ 부러진 칼자루 옻칠하기
☞ 뜻풀이 : 필요 없는 헛일을 한다는 뜻.

♠ 부레플로 일월 붙이기
☞ 뜻풀이 : 도무지 할 수 없는 일을 한다는 말.

♠ 부모가 착해야 효자 난다
☞ 뜻풀이 : 부모가 선해야만 자식도 부모를 따라 착하게 자란다는 뜻. 자식들에 대한 교양에서 부모들의 실천적 모범이 중요함을 이르는 말.

♠ 부엌에서 숟가락을 얻었다

☞ 뜻풀이 : 부엌에 있는 숟가락을 찾은 것까지 좋아한다는 말이니, 시원찮은 일을 해 놓고, 큰 성공이나 한 것처럼 자랑할 때 쓰는 말.

♠ 부잣집 맏며느리 감이다

☞ 뜻풀이 : 덕이 많고 복스럽게 생긴 여자를 두고 이르는 말.

♠ 부잣집 외상보다 거지 몇 돈이 좋다

☞ 뜻풀이 : 아무리 든든한 부잣집 사람의 외상보다는 지금 받을 수 있는 돈이 낫다는 뜻.

♠ 부지런한 부자는 하늘도 못 막는다

☞ 뜻풀이 : 부지런한 사람은 틀림없이 부자가 된다는 뜻.

♠ 부처님 가운데 토막

☞ 뜻풀이 : 부처님은 색을 가까이 하지 아니하므로 절대로 흔들리지 않는다는 말. 마음이 무척 어질고 착한 사람을 이르는 말.

♠ 부처님 불공 말고, 배고픈 사람 밥 주어라

☞ 뜻풀이 : 부처님께 불공하는 것보다도 실제로 배고픈 사람들에게 밥을 나누어 주어 남에게 은혜를 베푸는 것이 더 복이 돌아온다는 뜻.

♠ 부처님 살찌고 말리기는 석수에게 달렸다

☞ 뜻풀이 : 일의 흥망은 그 일을 맡아서 하는 사람 하기에 따라 다르다는 뜻.

124

♠ 복 들어오는 날 문 닫는다

☞ 뜻풀이 : 학수고대하던 좋은 기회가 왔는데 그 기회를 알아보지 못하고 도리어 방해하는 행동을 한다는 뜻.

♠ 복을 받고 싶거든 마음씨를 고치랬다

☞ 뜻풀이 : 복을 받고자 하면 선한 마음을 갖도록 하라는 뜻.

♠ 복 속에서는 복을 모른다

☞ 뜻풀이 : 너무 행복에 취해 있으면 불행하던 지난날의 처지를 잊어버릴 수도 있고 오늘의 행복이 얼마나 감사한지 모르게 된다는 뜻.

♠ 복 없는 처녀 봉놋방에 가 누워도 고자 곁에 눕는다

☞ 뜻풀이 : 운이 따르지 않는 사람은 무슨 일을 하든지 일이 풀리지 않아 손해를 보게 된다는 뜻.

♠ 복은 쌍으로 안 오고 화는 홀로 안 온다

☞ 뜻풀이 : 좋은 일만 계속 일어나기 힘들고 안 좋은 일만 계속 나지도 않듯이 안 좋은 일이 있으면 좋은 일도 있고 복이 오면 한 번은 화가 온다는 뜻.

♠ 봄 꿩은 제 울음에 죽는다

☞ 뜻풀이 : 봄 꿩이 자기 울음 소리로 인해 사냥꾼에게 들켜 죽듯이 자기의 잘못을 자기 스스로 노출시켜 잘못에 대한 벌을 받게 된다는 뜻.

♠ 봉사 문고리 잡기

☞ 뜻풀이 : 재능이나 솜씨가 전혀 없는 사람이 우연찮게 운이 좋아 일을 잘 해내었을 때 이르는 말.

♠ 부귀 빈천이 물레바퀴 돌 듯한다
☞ 뜻풀이 : 세상의 부귀 빈천은 한 곳에만 머무는 것이 아니라 물레바퀴가 도는 것처럼 늘 돌아서 옮아간다는 뜻.

♠ 불난 데 부채질한다
☞ 뜻풀이 : 화가 나 있는 사람의 화를 더욱 돋우어 더 노하게 한다는 뜻.

♠ 불면 꺼질까 쥐면 터질까
☞ 뜻풀이 : 몹시 사랑해 소중히 생각하는 것을 두고 이르는 말.

♠ 비 오거든 산소 모종을 내어라
☞ 뜻풀이 : 네 조상 산소가 잘못되어서 너 같은 못난 자식을 두었으니 비 오거든 모종하듯 산소를 파 옮기어, 또다시 너 같은 자식을 낳지 않도록 하라는 뜻.

♠ 비짓국 먹고 용트림한다
☞ 뜻풀이 : 값싼 비짓국을 먹고도, 가장 잘 먹은척 하면서 큰 트림을 한다는 말이니, 이득은 없으면서도 겉으로 내노라 하고 큰소리치는 사람을 가리키는 말.

♠ 빚 보증 서는 자식은 낳지도 말라
☞ 뜻풀이 : 남의 빚 보증 서다가 실패하기 쉬우니, 빚 보증이란 절대로 하지 말라는 뜻.

♠ 뽕도 따고 임도 보고
☞ 뜻풀이 : 한 가지 일로 두 가지 일을 동시에 이루려 한다는 뜻.

♠ 사공이 많으면 배가 산으로 올라간다

☞ 뜻풀이 : 어떤 일을 진행하는 데 지시하고 간섭하는 사람이 너무 많으면 일이 뜻밖의 방향으로 흘러갈 수 있다는 뜻.

♠ 사람의 입은 불행과 행복이 드나드는 문턱이다

☞ 뜻풀이 : 사람이 입을 통해 어떤 말을 하느냐에 따라 불행하게도 되고 행복하게도 되는 것이므로 항상 말을 하기 전에 다시 한 번 더 생각하고 조심해야 한다는 뜻.

♠ 사람 팔자 시간 문제

☞ 뜻풀이 : 사람의 팔자는 순식간에 완전히 달라질 수도 있다는 뜻.

♠ 사서 고생한다

☞ 뜻풀이 : 고생하지 않아도 될 일도 자기 스스로 일을 만들어 고생한다는 뜻.

♠ 사람의 입은 불행과 행복이 드나드는 문턱이다

☞ 뜻풀이 : 사람이 입을 통해 어떤 말을 하느냐에 따라 불행하게도 되고 행복하게도 되는 것이므로 항상 말을 하기 전에 다시 한 번 더 생각하고 조심해야 한다는 뜻.

♠ 선한 끝은 있어도 악한 끝은 없다

☞ 뜻풀이 : 선하고 심지가 굳은 사람은 장래에 훌륭한 인물이 될 수 있지만 악한 사람은 훌륭한 인물이 되기가 거의 불가능하다는 뜻.

♠ 소금 팔러 가니까 비가 온다

☞ 뜻풀이 : 어떤 일을 굳게 결심하고 시도하려고 했더니 공교롭게도 방해하는 일이 생겨 그 일을 진행시키기가 어렵게 되었다는 뜻.

♠ 쇠똥에 미끄러져 개똥에 코방아 찧는다

☞ 뜻풀이 : 운이 따르지 않아 일이 안 되려면 하찮은 일로도 망신을 당하게 된다는 뜻.

♠ 술과 계집과 노름은 패가의 원인이다

☞ 뜻풀이 : 남자가 술과 계집과 도박에 빠지게 되면 집안을 망치게 되므로 이를 항상 경계해야 한다는 뜻.

♠ 술 담배 참아 소 샀더니 호랑이가 물어간다

☞ 뜻풀이 : 먹고 싶은 것도 참아가면서 허리띠를 졸라매서 모은 돈으로 소를 샀더니 호랑이가 곧장 물어가 버리듯이 돈은 억지로 모은다고 해서 모아지는 것이 아니며 재복이 따라야 모을 수 있다는 뜻.

♠ 슬픈 일이 없는데 슬퍼하면 반드시 슬픈 일이 생긴다

☞ 뜻풀이 : 그다지 슬퍼할 일도 아닌데 자꾸 도가 지나치게 슬퍼하면 나중에는 정말로 슬퍼할 만한 일이 생기게 되므로 언제나 밝고 즐거운 마음가짐으로 세상을 살아가야 한다는 뜻.

♠ 슬픔은 나누면 반으로 줄고 기쁨은 나누면 배가 된다

☞ 뜻풀이 : 좋지 않은 일을 겪고 힘들어하는 사람의 슬픔은 주위의 따뜻한 위로의 마음으로 격감될 수 있고, 경사스러운 일이 생긴 사람의 기쁨을 함께 하고 축하해주면 행복은 더욱더 커진다는 뜻.

♠ 아주 뽕 빠졌다

☞ 뜻풀이 : 일이 크게 낭패되었다는 뜻으로 큰 손해를 입어 가진 것이 모두 거덜났다는 말.

♠ 악으로 모은 살림 악으로 망한다

☞ 뜻풀이 : 나쁜 짓을 하여 모은 재산은 오래 가지 못하며 오히려 나중에 해를 끼치게 된다는 뜻.

♠ 안 되면 조상 탓, 잘 되면 제 탓

☞ 뜻풀이 : 일이 자기 뜻대로 안 되면 모조리 남의 탓으로만 돌리고 일이 잘 되면 전부 자기의 공로로 돌려버리는 이기적인 마음을 이르는 말.

♠ 양지가 음지되고 음지가 양지된다

☞ 뜻풀이 : 이 세상의 길흉화복은 기복이 있게 마련이므로 현재에 성공한 사람도 후에 몰락할 때가 있고 아무리 실패를 거듭한 사람이더라도 후에 성공할 때가 있다는 뜻.

♠ 얼굴에 똥칠한다

☞ 뜻풀이 : 불명예스럽고 크게 욕될 짓을 한다는 뜻.

♠ 없는 사람은 여름이 좋고 있는 사람은 겨울이 좋다

☞ 뜻풀이 : 가난한 사람에게는 생활비가 훨씬 더 적게 드는 여름이 나기 좋고, 있는 사람은 생활비가 많이 들어도 겨울이 낫다는 뜻.

♠ 엎친 데 덮친다

☞ 뜻풀이 : 시련이 찾아와 고통스러워하고 있는데 또 다른 불행이 연거푸 계속 닥쳐온다는 뜻.

♠ 연분만 있으면 언청이도 고와 보인다
☞ 뜻풀이 : 남녀간의 이성 관계에서 외모는 그다지 중요한 문제가 아니며, 서로 연분만 있다면 아무리 못생긴 사람과도 행복한 삶을 영위할 수 있다는 뜻.

♠ 요사스러운 사람이 덕 있는 사람을 이기지 못한다
☞ 뜻풀이 : 덕이 있는 사람은 하늘 또한 돕기 때문에 악한 사람이 당해낼 재간이 있을 수 없다는 뜻.

♠ 우환이 도둑이다
☞ 뜻풀이 : 집에 아픈 사람이 있으면 도둑이 든 것처럼 재물도 없어지고 가족의 화목도 도둑 맞게 된다는 뜻.

♠ 웃는 낯에 침 못 뱉는다
☞ 뜻풀이 : 아무리 싫고 미운 사람이라고 할지라도 자기에게 잘 대해 주는 이상 도저히 미워할 수 없다는 뜻.

♠ 원님 덕에 나팔 분다
☞ 뜻풀이 : 남의 좋은 경사를 축하해 주려고 갔다가 그 덕에 자신도 덩달아 좋은 대접을 받는다는 뜻.

♠ 음덕이 있으면 양보가 있다
☞ 뜻풀이 : 남모르게 선행을 많이 하는 사람은 뒤에 그 대가로 반드시 복을 받게 된다는 뜻.

♠ 응달에도 햇빛 드는 날 있다
☞ 뜻풀이 : 역경에 처한 사람에게도 언젠가는 길운이 찾아오는 때가 있다는 뜻.

♠ 의 좋으면 삼 모녀가 도토리 한 알만 먹어도 산다

☞ 뜻풀이 : 가정이 화목하면 그것이 힘이 되어 어떠한 고난도 능히 견뎌낼 수 있다는 뜻.

♠ 이고 지고 가도 제 복 없으면 못 산다

☞ 뜻풀이 : 서로의 인연이 닿아 결혼할 때 아무리 혼수를 많이 싣고 간다 하더라도 그
들에게 주어진 복이 없다면 행복할 수 없다는 뜻.

♠ 인간만사 새옹지마

☞ 뜻풀이 : 처음에는 좋아 보이는 일이 나중에 가서는 뜻하지 않게 나쁜 결과를 가져올
수도 있고, 처음에는 나빠 보이는 일이 나중에 오히려 좋은 결과를 가져올
수 있는 것처럼, 인생의 길흉화복은 항상 바뀌므로 예측할 수 없다는 뜻.

♠ 일월은 크고 이월은 작다

☞ 뜻풀이 : 일월 달이 크면 이월 달은 날수가 적듯이, 한 번 좋은 일이 생기면 한 번은
궂은 일도 있기 마련이라는 뜻.

♠ 일이 잘 될 때에는 넘어져도 떡 함지에 엎어진다

☞ 뜻풀이 : 일이 잘 되어 갈 때에는 잘 안 될 듯하던 일도 예상 외의 좋은 결과를 가져
온다는 뜻.

♠ 입이 귀밑까지 이르다

☞ 뜻풀이 : 너무 좋아서 어쩔 줄 몰라하는 모습을 이르는 말.

♠ 입이 함박만하다

☞ 뜻풀이 : 좋은 일이 있어 매우 기뻐하거나 흡족해 하는 표정이 얼굴에 드러남을 이
르는 말.

♠ 자다가 벼락 맞는다

☞ 뜻풀이 : 갑작스럽게 뜻하지 않던 불행을 당하여 어쩔 줄 모르는 상태를 이르는 말.

♠ 자던 중도 떡 다섯 개

☞ 뜻풀이 : 길을 지나다가 우연히 물건을 주운 것처럼, 갑작스럽게 아무런 수고한 일 없이 소득을 얻게 되었을 때를 이르는 말.

♠ 작은 부자는 노력이 만들고 큰 부자는 하늘이 만든다

☞ 뜻풀이 : 큰돈을 벌기 위해서는 인간의 노력이 필요하지만 인간의 노력에는 어느 정도의 한계가 있다는 뜻.

♠ 잘 살고 못 사는 것은 다 팔자 소관이다

☞ 뜻풀이 : 사람이 잘 살고 못 사는 것은 다 타고난 운명이라는 말이지만 피나는 노력으로 개척한 운명 또한 운명이며, 운명 역시 자기 노력 여하에 달려 있다는 뜻.

♠ 잘 살아도 내 팔자요, 못 살아도 내 팔자

☞ 뜻풀이 : 사람이 이 세상에서 잘 살고 못 사는 것은 각자가 타고난 운명에 따른 것이라는 뜻.

♠ 재 들은 중이요, 굿 들은 무당이다

☞ 뜻풀이 : 예전부터 간절히 바라고 바라던 일이 모두 이루어져 몹시 흥이 나고 좋을 때 쓰이는 말.

♠ 저승에 가도 죄 값은 못 면한다

☞ 뜻풀이 : 이승에서 지은 죄는 죽어서도 결코 없어지지 않는다는 뜻.

♠ 적선한 집 자식은 굶어 죽지 않는다
☞ 뜻풀이 : 어려운 사람들을 돕는 데에 힘쓴 사람은 그 자손에 이르기까지 복을 받게 된다는 뜻.

♠ 적은 물이 새므로 큰 배가 가라앉는다
☞ 뜻풀이 : 처음에는 작은 구멍으로 물이 새기 시작하지만 조금씩 들어온 물로 인해 마침내는 큰배가 가라앉게 되듯이 사소한 흠이나 실수로 인해 나중에 크게 낭패를 본다는 뜻.

♠ 절구 굴리는데 애매한 개구리만 죽는다
☞ 뜻풀이 : 자기와는 아무런 상관도 없는 일 때문에 급작스럽게 억울한 일을 당하는 경우를 이르는 말.

♠ 정직한 사람의 자식은 굶어 죽지 않는다
☞ 뜻풀이 : 정직한 사람은 하늘이 도와 언제든지 복을 받게 된다는 뜻.

♠ 제사 덕분에 이밥 먹는다
☞ 뜻풀이 : 우연치 않게 전혀 생각도 못했던 곳에서 이득을 얻게 되었을 때를 이르는 말.

♠ 제 사랑 제가 끼고 있다
☞ 뜻풀이 : 자신이 어떻게 처신하느냐에 따라 다른 이들로부터 사랑을 받을 수도 미움도 받을 수도 있다는 뜻.

♠ 조는 집에 자는 며느리 온다
☞ 뜻풀이 : 가문이 좋지 않은 집안에는 며느리 역시 품성이 바르지 못한 사람이 들어오게 된다는 뜻.

♠ 족한 줄을 아는 사람은 부유하다

☞ 뜻풀이 : 현재의 상황에 만족할 줄 아는 사람이야말로 진정 마음이 부유한 사람이며
마음의 여유가 있는 사람만이 그 이상을 바라볼 수 있다는 뜻.

♠ 좋은 꾀는 하늘도 도와준다

☞ 뜻풀이 : 좋은 일에 쓰일 지혜는 하늘도 도와 일이 잘 이루어지게 해 준다는 뜻.

♠ 죄 지은 놈 옆에 있다가 벼락 맞는다

☞ 뜻풀이 : 악인과 사귀면 자신은 전혀 잘못이 없으나 자기도 악인의 누명을 쓸 수 있듯이
나쁜 일을 한 사람과 함께 있다가는 죄 없는 사람까지 벌을 받게 된다는 뜻.

♠ 죄 짓고는 못 산다

☞ 뜻풀이 : 사람은 잘못을 저지르고 나면 남이 욕하지 않더라도 자기 스스로가 양심의
가책 때문에 불안해서 안심하고 살 수가 없다는 뜻.

♠ 주는 떡도 못 받아먹는다

☞ 뜻풀이 : 자기 앞에 복이 주어져 있으나 너무 아둔한 나머지 그것을 보지 못하고 지
나쳐 버린다는 뜻.

♠ 주머니가 가벼워지면 마음은 무거워진다

☞ 뜻풀이 : 경제적인 상황이 안 좋아지면 없던 근심 걱정이 절로 생긴다는 뜻.

♠ 집구석이 망하려면 십 년 묵은 장맛이 변한다

☞ 뜻풀이 : 가세가 기울려면 사전에 불길한 조짐이 미리부터 나타나게 된다는 뜻.

♠ 집 태우고 못 줍기

☞ 뜻풀이 : 엄청난 손해를 보고 나서 안타까운 나머지 조그마한 것이라도 건져 그 손실을 최대한 줄여 보려고 애를 쓰는 사람을 이르는 말.

♠ 차면 넘친다

☞ 뜻풀이 : 어떤 일이든 계속 상황이 좋을 수만은 없으며 한 번 흥하면, 한 번은 망하게 되어 있다는 뜻.

♠ 차돌에 바람들면 석돌보다 못하다

☞ 뜻풀이 : 야무진 사람이 한 번 타락하면 헤픈 사람보다 더 걷잡을 수 없다는 말.

♠ 첫 부자 늦 가난보다는 첫 가난 늦 부자가 낫다

☞ 뜻풀이 : 초년에 부자로 살다가 말년에 가서 가난하게 사는 것보다는 초년에 좀 고생을 하더라도 말년에 잘 살게 되는 것이 훨씬 낫다는 뜻.

♠ 콩 본 당나귀가 마냥 흥흥댄다

☞ 뜻풀이 : 자기가 평상시에 아주 좋아하던 것을 앞에 두고 매우 즐거워하는 모습을 이르는 말.

♠ 팔자가 좋으면 동이 장수 맏며느리 됐으랴?

☞ 뜻풀이 : 타고난 팔자가 좋았으면 자신이 지금 겪고 있는 고생은 하지 않았을 것이라고 푸념하는 말.

♠ 팔자는 못 속인다

☞ 뜻풀이 : 타고난 운명은 사람 힘으로는 어쩔 수 없어 오직 그 운명대로 산다는 뜻.

♠ 평안감사도 저 싫으면 그만이다
☞ 뜻풀이 : 아무리 높고 좋은 직책이라고 할지라도 본인이 하기 싫어한다면 다른 사람
이 달리 어떻게 할 도리가 없다는 뜻.

♠ 하고 싶은 말은 내일 하랬다
☞ 뜻풀이 : 하고 싶은 말이 있으면 충분히 생각하고 나서 해야만 실수가 없다는 뜻.

♠ 하늘에서 떨어진 복
☞ 뜻풀이 : 예상치도 못 했던 뜻밖의 횡재를 만났을 때에 이르는 말.

♠ 하루 밤을 자도 만인(蠻人)은 성을 쌓는다
☞ 뜻풀이 : 잠시동안의 은혜라도 그것에 깊은 정을 맺고 고맙게 여기고 갚아야 한다
는 뜻.

♠ 한 가지로 열 가지를 안다
☞ 뜻풀이 : 한 가지 행동을 보면 그 사람의 모든 행동을 다 알 수 있다는 뜻.

♠ 한강 가서 목욕한다
☞ 뜻풀이 : 일부러 먼 곳까지 가서 해봐야 신통한 것 없다는 뜻.

♠ 한강 물도 제 곬로 흐른다
☞ 뜻풀이 : 한강 물이 제 곬로 흐른 것과 같이, 일은 자연히 갈 곳으로 간다는 말이니,
다시 말해 죄를 지은 사람은 언젠가는 벌을 받게 된다는 뜻.

♠ 한 다리가 천리(千里)
☞ 뜻풀이 : 적은 차이가 나중에는 따라 갈 수 없을 만큼 커진다는 뜻.

♠ 한 번 골 내면 한 번 늙고 한 번 웃으면 한 번 젊어진다
☞ 뜻풀이 : 사람이 한 번 화를 내면 화를 낸 만큼 늙어지고, 한 번 웃으면 그만큼 젊어
지므로 늘 즐거운 마음으로 웃으면서 살아가야 한다는 뜻.

♠ 한 송이 꽃이 바로 우주의 얼굴이다
☞ 뜻풀이 : 한 송이 꽃에도 오묘한 섭리와 신비함이 가득하다는 말.

♠ 한숨을 쉬면 삼십 리 안 걱정이 들어온다
☞ 뜻풀이 : 사람이 매사에 부정적인 마음으로 살게 되면 걱정거리가 더 늘게 되므로
매사에 즐거운 마음으로 삶을 살아가야 한다는 뜻.

♠ 한 어미 자식도 오롱이 조롱이
☞ 뜻풀이 : 한 부모에게서 태어난 자식이라도 똑같을 수 없다는 말이니, 세상 모든 일
이 다 마음 같을 수 없다는 뜻.

♠ 한편 말만 듣고 송사 못한다
☞ 뜻풀이 : 한쪽의 사정만 듣고서는 양편의 잘잘못을 해결하기 어렵다는 뜻.

♠ 한 푼 아끼려다 백 냥 잃는다
☞ 뜻풀이 : 적은 푼돈을 아끼려다가 오히려 엄청난 손해를 보게 되는 경우를 이르는 말.

♠ 한 푼을 아끼면 한 푼이 모인다

☞ 뜻풀이 : 돈은 아끼는 대로 모인다.

♠ 한 푼 장사에 두 푼 밑져도 팔아야 장사

☞ 뜻풀이 : 아무리 이득이 적어도 팔아야만 장사가 된다는 뜻.

♠ 허허 해도 빚이 열닷 냥이다

☞ 뜻풀이 : 겉으로 보기에는 아무렇지도 않아 보이지만 사실 마음속에는 근심과 걱정
이 태산같이 쌓여 있다는 뜻.

♠ 헌 배의 물 푸기

☞ 뜻풀이 : 낡은 배의 밑창에 구멍이 나서 물이 자꾸 새어 들어오는데, 그 구멍을 그
냥 두고 물을 퍼내면 소용이 없다는 말로서, 근본이 되는 원인을 처리하지
않고 겉으로 드러난 일만 처리한다면 문제점이 계속 생긴다는 뜻.

♠ 헌 옷이 있어야 새 옷이 있다

☞ 뜻풀이 : 헌 것이 있어야만 새 것 좋은 것도 알 수 있다는 뜻.

♠ 헐복한 놈은 계란에도 뼈가 있다

☞ 뜻풀이 : 복이 따라주지 않는 사람은 모처럼 좋은 기회를 얻게 돼도 운이 나빠 일이
잘 풀리지 않는다는 뜻.

♠ 혀 아래에 도끼가 들었다

☞ 뜻풀이 : 제가 한 말이 불행의 근원이 되어 자신을 위협할 수 있듯이, 말을 잘못하면
큰 화를 입게 될 수도 있으므로 항상 말조심을 해야 한다는 뜻.

♠ 현인은 복을 내리고 악인은 재앙을 만난다
☞ 뜻풀이 : 나쁜 짓을 하면 그에 따른 재앙을 만나게 되고 좋은 일을 하게 되면 그에 따른 복을 받게 된다는 뜻.

♠ 호박씨 까서 한 입에 다 털어 넣는다
☞ 뜻풀이 : 공 들여 차곡차곡 벌어 모은 재산을 순식간에 한꺼번에 다 날려 버렸다는 뜻.

♠ 호박이 넝쿨째로 굴러 떨어졌다
☞ 뜻풀이 : 생각지도 않은 굉장한 횡재를 만나게 된 경우를 이르는 말.

♠ 혹 떼러 갔다가 혹을 붙여 온다
☞ 뜻풀이 : 이익을 보려고 찾아갔다가 이익은커녕 오히려 손해만 보고 왔다는 뜻.

♠ 화가 복이 된다
☞ 뜻풀이 : 처음에는 걱정스럽던 일이 후에는 도리어 행운이 되는 경우에 쓰는 말.

♠ 화 곁에 복이 기대 섰고 복 속에 화가 숨어 있다
☞ 뜻풀이 : 행복과 불행은 기복이 있는 것으로 서로 가까운 곳에 있는 것이니 행복한 일이 겹쳐 일어난다고 해서 너무 방심해서는 안 되며 재앙이 겹쳐 일어난다고 해서 너무 낙심을 해서도 안 된다는 뜻.

♠ 활과 과녁이 서로 맞는다
☞ 뜻풀이 : 기회가 잘 들어맞음을 두고 하는 말.

♠ 황소 뒷걸음질하다 쥐 잡는다

☞ 뜻풀이 : 미련하고 느린 사람도 어쩌다 한몫 할 때가 있다는 말.

♠ 흉 각각, 정 각각

☞ 뜻풀이 : 아무리 정이 있다고 해도 그 사람의 잘됨과 그릇됨을 분간 못하여서는 안
된다는 뜻.

나이 오십이 되어 지난 49년의 잘못을 깨닫는다　제6부

나이 오십이 되어
지난 49년의 잘못을 깨닫는다
— 회남자

♠ **가까운 제 눈썹 못 본다**
☞ 뜻풀이 : 먼 곳에 있는 것은 잘도 보면서 바로 눈앞에 있는 것은 보지 못한다는 뜻.

♠ **가랑잎으로 눈 가리기**
☞ 뜻풀이 : 자신의 존재나 허물을 감추기 위해 되지도 않는 미련한 일을 한다는 뜻.

♠ **가진 놈이 더 무섭다**
☞ 뜻풀이 : 재물을 많이 가진 사람이 오히려 불우한 이웃에게 베풀기에는 인색하며 더욱 재물을 모으는 일에만 힘쓴다는 뜻.

♠ **간에 붙었다 쓸개에 붙었다 한다**
☞ 뜻풀이 : 자신에게 조금이라도 이로울 일이라면 상황의 변화에 따라 지조 없이 행동을 바꾼다는 뜻.

♠ 값도 모르고 싸다 한다

☞ 뜻풀이 : 그 일에 대해서 잘 알지 못하면서 경솔하게 지껄이거나 무턱대고 덤빈다는 뜻.

♠ 강철이 달면 더욱 뜨겁다

☞ 뜻풀이 : 웬만한 일로는 움직이지도 않고 화를 낼 것 같지 않은 사람이 한번 성내면 무섭다는 뜻.

♠ 같은 떡도 남의 것이 더 커보인다

☞ 뜻풀이 : 같은 물건을 가지고 있더라도 자신이 가지고 있는 것보다 다른 사람이 가지고 있는 것이 왠지 더 좋아 보이고 커 보인다는 뜻.

♠ 개구리 올챙이 적 생각을 못 한다

☞ 뜻풀이 : 사람이 잘 되게 되면 자신의 어려웠고 힘들었던 과거를 완전히 잊어버려 현재 어렵고 힘든 사람들의 심중을 전혀 헤아려주지 못한다는 뜻.

♠ 개도 먹을 때는 안 때린다

☞ 뜻풀이 : 아무리 잘못한 일이 있다고 하더라도 음식을 먹을 때는 사람을 꾸짖거나 때려서는 안 된다는 뜻.

♠ 개 팔자가 상팔자다

☞ 뜻풀이 : 힘겹고 고단하기만 한 인간의 삶보다는 태평스럽게 먹고 노는 개들의 생활이 오히려 더 자유롭고 편할 것이라는 뜻.

♠ 거짓말은 새끼를 친다

☞ 뜻풀이 : 거짓말을 하게 되면 그 거짓말을 합리화시키기 위해 또 다른 거짓말을 하게 되므로 작은 거짓말이 점점 불어나 눈덩이처럼 커진다는 뜻.

♠ 겁 많은 개가 큰소리로 짖는다

☞ 뜻풀이 : 겁이 많은 사람일수록 자기의 약함이나 비겁함을 감추기 위해 오히려 더 큰
소리를 친다는 뜻.

♠ 겉 다르고 속 다르다

☞ 뜻풀이 : 겉으로는 좋은 척하나 속으로는 다른 마음을 품고 있는 이중적인 성격을
가진 사람을 이르는 말.

♠ 겉으로는 웃으면서 똥구멍으로는 호박씨를 깐다

☞ 뜻풀이 : 얼굴은 웃고 있지만 속으로는 다른 속셈을 가지고 있는 이중인격자로 자기
이익만을 취하는 간사한 사람을 이르는 말.

♠ 게걸음은 바로잡지 못한다

☞ 뜻풀이 : 천성적으로 타고난 버릇은 여간해서는 고치기가 어렵다는 뜻.

♠ 겨 먹은 개는 들켜도 쌀 먹은 개는 안 들킨다

☞ 뜻풀이 : 작은 잘못을 저지른 사람은 들켜도 큰 잘못을 저지른 사람은 오히려 안 들
킨다는 뜻.

♠ 겨우 여우를 피했더니 다시 호랑이를 만난다

☞ 뜻풀이 : 위험한 고비를 겨우 면했나 싶었더니 설상가상으로 더 큰 위험을 맞았다는 뜻.

♠ 견물생심

☞ 뜻풀이 : 막상 물건을 보고 나면 갖고 싶은 욕심이 저절로 생긴다는 뜻.

♠ 고르고 고르다가 끝판에는 곰보 마누라 얻는다
☞ 뜻풀이 : 너무 신중하게 오래 고르다 보면 오히려 가장 나쁜 것을 고르게 된다는 뜻.

♠ 고양이가 발톱을 감추듯 한다
☞ 뜻풀이 : 재주나 능력이 있는 사람은 항상 자신의 능력을 겉으로 드러내지 아니하고 감추어 둔다는 뜻.

♠ 고추장이 아무리 맵다 해도 시집살이만 하랴
☞ 뜻풀이 : 고추장이 아무리 맵다 하여도 시집살이보다는 맵지 않다는 뜻으로 그만큼 시집살이가 힘들다는 뜻.

♠ 곰은 쓸개 때문에 죽고 사람은 혀 때문에 죽는다
☞ 뜻풀이 : 사람이 말 한마디를 잘못하게 되면 그 실언으로 인해 모든 일을 그르쳐 버리기 쉽고 망신을 당하는 경우가 있으므로 항상 말조심을 해야 한다는 뜻.

♠ 공(公)은 공이고 사(私)는 사다
☞ 뜻풀이 : 공사(公私)를 집행할 때에는 공적인 것과 사적인 것을 분명히 구분할 줄 알아야 한다는 뜻.

♠ 과물전 망신은 모과가 시킨다
☞ 뜻풀이 : 어리석은 사람 하나가 자신이 속해 있는 단체의 여러 사람을 망신시키는 일만 저지른다는 뜻.

♠ 과하다면서 석 잔 먹고 그만 한다면서 다섯 잔 먹는다
☞ 뜻풀이 : 술을 좋아하는 사람은 그만 마시겠다고 하면서도 계속 핑계를 대며 마신다는 뜻.

146

♠ 관상쟁이가 제 관상 못 보고 점쟁이가 제 점 못 친다

☞ 뜻풀이 : 사람은 대개 다른 사람의 일은 잘 해주면서도 정작 자신의 일은 스스로 잘
하기 힘들다는 뜻.

♠ 관 짜는 목수는 사람 죽기만 바란다

☞ 뜻풀이 : 자기에게 이익만 된다면 다른 사람의 불행조차도 환영한다는 뜻.

♠ 구관이 명관이다

☞ 뜻풀이 : 여태껏 그 분야에서 활동을 하며 그 일에 익숙한 사람이 경험이 전혀 없는
사람보다 낫다는 뜻.

♠ 굳은 땅에 물이 괸다

☞ 뜻풀이 : 검소하고 절약하는 결심이 굳은 사람이라야 재산을 모을 수 있다는 말.

♠ 굴러 들어온 돈은 굴러나간다

☞ 뜻풀이 : 자신이 노력한 공로에 대한 대가에서 들어온 것이 아니라 거저 쉽게 들어
온 돈은 결국 쉽게 나가게 된다는 뜻.

♠ 굶어도 이승이 낫다

☞ 뜻풀이 : 아무리 어렵고 힘들게 살더라도 죽어서 저승에 가는 것보다는 살아 있는
이승이 낫다는 뜻.

♠ 굼벵이도 밟으면 꿈틀한다

☞ 뜻풀이 : 아무리 못나고 실없어 보이는 사람일지라도 계속해서 무시를 당하면 맞서
대항한다는 뜻.

♠ 굿이나 보고 떡이나 먹어라

☞ 뜻풀이 : 주책없이 다른 사람의 일에 나서서 간섭하지 말고 가만히 있으라는 뜻.

♠ 귀가 여리다

☞ 뜻풀이 : 확고한 줏대 없이 다른 사람들이 하는 말만을 듣고 믿어버리는 어리석은 사람을 이르는 말.

♠ 귀는 길어야 하고 혀는 짧아야 한다

☞ 뜻풀이 : 다른 사람들이 하는 말은 귀 기울여 많이 들으면 자신에게도 도움이 되지 만 말을 너무 많이 하게 되면 실언을 할 수도 있으니 말은 가급적 적게 하 는 것이 좋다는 뜻.

♠ 귀신이 곡(哭)할 노릇이다

☞ 뜻풀이 : 결코 있을 수도 없는 신기하고 묘한 일이 벌어졌다는 뜻.

♠ 귀한 그릇 쉬 깨진다

☞ 뜻풀이 : 귀하게 자란 사람이나 비상한 재주를 지니고 있는 사람일수록 의지가 약하 여 쉽게 포기할 수 있다는 뜻.

♠ 그 사람을 알고 싶거든 먼저 그 친구를 보라

☞ 뜻풀이 : 서로 성격이나 취향이 비슷한 사람들끼리 어울려 다니게 되므로 친구를 보 면 그 사람이 어떠한 사람이란 것을 알 수 있다는 뜻.

♠ 긁어 부스럼 만든다

☞ 뜻풀이 : 가만히 두면 그냥 넘어갈 수 있는 문제를 괜히 쓸데없는 짓을 하여 일을 더 크게 만든다는 뜻.

♠ 기는 놈 위에 뛰는 놈 있고, 뛰는 놈 위에 나는 놈 있다

☞ 뜻풀이 : 아무리 뛰어난 재능을 가지고 있다고 하더라도 자신보다 더 뛰어난 재주를 가지고 있는 사람이 분명히 있게 마련이라는 뜻.

♠ 기와 한 장 아끼다가 대들보 썩힌다

☞ 뜻풀이 : 작은 것에 너무 집착하며 아끼다가는 오히려 더 큰 것을 잃어 버리게 될 수도 있다는 뜻.

♠ 길가에 집 짓기

☞ 뜻풀이 : 길가에 집을 지으면 오가는 사람마다 참견하여 그 집을 못 짓고 말게 되듯 어떤 일을 할 때 간섭하는 이가 많으면 그 일을 결코 이룰 수 없다는 뜻.

♠ 김 안 나는 숭늉이 더 뜨겁다

☞ 뜻풀이 : 김 안 나는 숭늉이 김이 나는 숭늉보다 더 뜨겁듯이 사람도 겉으로 말을 많이 하는 사람보다는 침묵을 지키며 묵묵한 사람이 오히려 더 무서울 수 있다는 뜻.

♠ 김칫국 먹고 수염 쓰다듬고 냉수 마시고 트림한다

☞ 뜻풀이 : 아무 실속도 없으면서도 다른 사람들의 눈을 속여 소득이 많은 양 허세를 부린다는 뜻.

♠ 깊고 얕은 것은 물을 건너 봐야 안다

☞ 뜻풀이 : 강물이 깊은지 얕은지는 물을 직접 건너보아야 확실히 확인할 수 있듯이 사람도 사귀어 봐야 그 사람의 마음을 알게 된다는 뜻.

♠ 까마귀가 겉 검다고 속조차 검을까
☞ 뜻풀이 : 사람의 외모만 보고 차림새가 남루하고 볼품이 없다고 해서 그 사람의 인격
　　　　이나 사람됨 또한 형편없을 것이라고 경솔한 판단을 해서는 안 된다는 뜻.

♠ 꼬리가 길면 잡힌다
☞ 뜻풀이 : 나쁜 일을 들키지 않는다고 계속하다가는 결국 나중에 가서는 잘못이 들통
　　　　나고 만다는 뜻.

♠ 꼬리 먼저 친 개가 밥은 나중에 먹는다
☞ 뜻풀이 : 일을 급하게 서두르는 사람이 오히려 그렇지 않은 사람보다 더 처지는 경
　　　　우가 많다는 뜻.

♠ 꼿꼿하기는 서서 똥 누겠다
☞ 뜻풀이 : 자신의 주장을 전혀 굽힐 줄 모르고 고집이 몹시 센 사람을 이르는 말.

♠ 나간 머슴이 일 잘했다
☞ 뜻풀이 : 이미 가지고 있던 물건이나 고용하고 있던 직원이 새로 산 물건이나 새로
　　　　고용한 직원보다 더 나았다는 것을 뒤늦게야 깨닫는다는 뜻.

♠ 나간 며느리가 효부였다
☞ 뜻풀이 : 같이 있을 때는 깨닫지 못하지만 나가고 난 뒤에야 그 며느리가 효부인 줄 깨
　　　　닫게 되듯이 무슨 일이든지 지내놓고 봐야 그 진가를 깨달을 수 있다는 뜻.

♠ 나는 '바담 뿡' 해도 너는 '바람 풍' 해라

☞ 뜻풀이 : 훈장이 혀가 짧아 자기는 '바담 뿡'으로 발음하면서 학생들에게는 올바로 발음하라고 호령하듯이 자기는 옳지 못한 행동을 하면서 아랫사람에게는 잘하라고 꾸짖는다는 뜻.

♠ 나루 건너가 배 탄다

☞ 뜻풀이 : 이미 나루를 건너간 뒤에는 배를 탈 필요가 없듯이 어떤 일이든지 일의 정해진 순서대로 올바르게 하지 않으면 좋은 결과를 얻을 수 없다는 뜻.

♠ 나 먹자니 싫고 남 주자니 아깝다

☞ 뜻풀이 : 자신에게 별로 쓸모가 없는 것인데도 남에게 주기는 아까워하는 인색한 사람의 심보를 이르는 말.

♠ 나 못 먹는 밥에 재나 넣지

☞ 뜻풀이 : 가지지 못할 바에는 아예 다른 사람도 가져가지 못하게 망쳐 버리는 행동을 이르는 말.

♠ 나무에 오르라고 해 놓고 흔든다

☞ 뜻풀이 : 가만히 있는 사람을 시켜서 어떤 일을 하게 해 놓고는 그 사람이 막상 그 일을 해 놓으니까 나중에는 그 일을 방해하려 든다는 뜻.

♠ 나쁜 사람도 나이가 들면 좋아진다

☞ 뜻풀이 : 나이가 많으면 많을수록 세월을 거치면서 보고 듣고 경험한 것이 많아지기 때문에 스스로 반성하여 나쁜 짓을 고치게 된다는 뜻.

♠ 나쁜 풀이 빨리 자란다
☞ 뜻풀이 : 쓸모가 없는 잡초가 더 빨리 자라듯이 나쁜 행실은 쉽게 배우게 되고 따라하게 된다는 뜻.

♠ 나 싫은 것은 남도 싫어한다
☞ 뜻풀이 : 자신이 하기 싫은 것은 다른 사람도 하기 좋아할 리 없으므로 자기가 하기 싫은 일은 다른 사람에게도 시켜서는 안 된다는 뜻.

♠ 낙동강 잉어가 뛰니까 안방 빗자루도 뛴다
☞ 뜻풀이 : 자기가 처한 상황이나 분수도 모르고 다른 사람이 하니까 자신도 덩달아 따라 하는 사람을 이르는 말.

♠ 날 받아 놓고 죽는 사람 없다
☞ 뜻풀이 : 그 누구도 자기가 죽을 날짜를 알고 죽는 사람은 없다는 뜻.

♠ 날 저문 나그네 길 가듯 한다
☞ 뜻풀이 : 어떤 일을 몹시 성급하게 서둘러 한다는 뜻.

♠ 남을 이기기 좋아하는 사람은 반드시 적을 만나게 된다
☞ 뜻풀이 : 남에게 한 치의 양보도 하지 않고 이기기만을 좋아하는 사람은 그런 성품으로 인해 다른 사람과 다투게 되어 적이 많이 생길 수 있다는 뜻.

♠ 남의 것을 탐내는 놈이 제 것은 더 아낀다
☞ 뜻풀이 : 다른 사람의 물건이나 위치를 탐내는 사람일수록 자신의 것은 다른 사람이 쳐다보지도 못하게 할 정도로 소중히 아낀다는 뜻.

152

♠ 남의 고기 한 점 먹고 내 고기 열 점 준다
☞ 뜻풀이 : 사소한 이득을 보려다가 오히려 더 큰 손해를 보게 된다는 뜻.

♠ 남의 눈 속의 티는 보면서 자기 눈 속의 대들보는 못 본다
☞ 뜻풀이 : 남의 허물은 작은 것 하나까지 찾아 꾸짖으면서 정작 자신이 가지고 있는 큰 허물은 깨닫지 못하는 사람을 이르는 말.

♠ 남의 눈에 눈물을 내면 내 눈에서는 피눈물이 난다
☞ 뜻풀이 : 남을 억울하게 만들어 눈물나게 하면 자신은 그 대가로 더 큰 아픔을 당하게 된다는 뜻.

♠ 남의 등은 봐도 제 등은 못 본다
☞ 뜻풀이 : 자기가 자기 등을 볼 수 없듯이 남의 허물은 보기 쉬워도 자기의 허물은 보기가 어렵다는 뜻.

♠ 남의 등쳐 먹는다
☞ 뜻풀이 : 교활한 술수로 다른 사람을 속여 재물을 빼앗아 가지는 것을 이르는 말.

♠ 남의 떡이 커 보인다
☞ 뜻풀이 : 어떤 것이든지 다른 사람이 가지고 있는 것이 자기가 가진 것보다도 훨씬 더 좋아 보인다는 말.

♠ 남의 말이라면 쌍지팡이 짚고 나선다
☞ 뜻풀이 : 걸핏하면 시비를 걸고 싸우기 좋아하는 사람을 이르는 말.

♠ 남의 말 하기는 식은 죽 먹기

☞ 뜻풀이 : 자신의 결점은 찾아내기 힘들지만 다른 사람의 결점을 찾아 헐뜯기는 지극히 쉬운 일이라는 뜻.

♠ 남의 밥 보고 시래기국 끓인다

☞ 뜻풀이 : 해 줄 생각도 하지 않고 있는데 미리 받을 것을 기대하고 있다는 뜻.

♠ 남의 사돈이야 가거나 말거나

☞ 뜻풀이 : 자기와는 아무런 이해 관계도 없어서 관여할 필요가 없는 경우를 이르는 말.

♠ 남의 손에 코 푼다

☞ 뜻풀이 : 자기는 힘을 하나도 들이지 않고 다른 사람의 덕만 본다는 뜻.

♠ 남의 아이 떡 주라는 소리는 내 아이 떡 주라는 소리

☞ 뜻풀이 : 듣기 좋게 남을 위하는 것처럼 어떤 일을 권고하지만 사실 속마음은 결국 자기의 이익을 채우려는 데 있다는 뜻.

♠ 남의 염병이 내 고뿔만 못하다

☞ 뜻풀이 : 다른 사람의 큰 걱정이나 위험보다는 자기의 작은 근심거리가 더 절박하게 느껴진다는 뜻으로 자기의 어려움은 작은 것이라도 아주 크게 여기지만 다른 사람에게 처한 위험은 전혀 동정하지 않는다는 뜻.

♠ 남의 일이라면 발 벗고 나선다

☞ 뜻풀이 : 자기에게는 전혀 이로울 것이 없는 일을 마치 자신의 일인 것처럼 나서서 적극적으로 도와준다는 뜻.

♠ 남의 일 참견 말고 제 발등의 불 끄지

☞ 뜻풀이 : 다른 사람의 일에 공연히 참견하지 말고 그럴 시간에 차라리 자신이 해야
할 일이나 충실히 하라는 뜻.

♠ 남의 장단에 춤춘다

☞ 뜻풀이 : 자신과 전혀 관계도 없는 일에 쓸데없이 관심을 가지는 사람이나 넋 빠진
사람을 이르는 말.

♠ 남의 흉은 홍두깨로 보이고 제 흉은 바늘로 보인다

☞ 뜻풀이 : 속된 사람일수록 다른 사람의 결점은 크게 보이고 자신의 결점은 하찮게
보인다는 뜻.

♠ 남의 흉이 제 흉이다

☞ 뜻풀이 : 다른 사람의 결점이 자신과 관련되어 있을 때 결국 자신에게도 잘못이 있
는 경우가 많으므로 그 사람을 흉보기 전에 자신의 잘못을 고치라는 뜻.

♠ 남이 장에 간다고 하니 거름 지고 나선다

☞ 뜻풀이 : 다른 사람들이 하니까 자신도 덩달아 따라 한다는 뜻.

♠ 남자의 원수는 술과 여자이다

☞ 뜻풀이 : 남자들은 대부분 여자와 술에 의해 이성을 잃기 쉬우므로 술과 여자를 주
의하고 자제하라는 뜻.

♠ 낮말은 새가 듣고 밤말은 쥐가 듣는다

☞ 뜻풀이 : 비밀히 한 말도 반드시 남의 귀에 들어가게 될 수 있으므로 항상 말조심을
해야 한다는 뜻.

♠ 낮에는 눈이 있고 밤에는 귀가 있다

☞ 뜻풀이 : 이 세상 비밀은 잠깐 유지할 수는 있어도 언젠가는 들통나게 되어 있으므로 언제나 말을 조심해야 한다는 뜻.

♠ 내 것도 내 것, 네 것도 네 것

☞ 뜻풀이 : 자기 물건은 물론이고 다른 사람의 물건까지도 탐내며 함부로 제 것처럼 쓰는 경우를 이르는 말.

♠ 내 돈 서푼은 알고 남의 돈 칠푼은 모른다

☞ 뜻풀이 : 자기 것은 소중히 여길 줄 알면서 다른 사람의 것은 대수롭지 않게 여길 정도로 무엇이나 자기 중심으로 생각하는 사람을 이르는 말.

♠ 내 물건은 좋다 한다

☞ 뜻풀이 : 자기가 가지고 있는 것은 모두 좋다고 주장하는 사람을 이르는 말.

♠ 내 밥 준 개가 내 발등을 문다

☞ 뜻풀이 : 자기에게 도움을 받은 사람이 오히려 자신을 배신하게 된다는 뜻.

♠ 내 배 부르면 종의 밥 짓지 말라 한다

☞ 뜻풀이 : 자기가 넉넉한 생활을 하면 다른 사람도 그렇게 지내는 줄 알고 어렵고 불우한 사람들의 근심과 괴로움은 알지 못한다는 뜻.

♠ 내 속 짚어 남의 말한다

☞ 뜻풀이 : 자기의 생각이 그러니까 다른 사람도 그런 생각을 가지고 있을 것이라고 짐작하여 남의 말을 한다는 뜻.

♠ 내 손톱에 장을 지져라

☞ 뜻풀이 : 자신의 의견이 전적으로 옳다고 장담할 때나 상대방의 의견을 강경히 부정
할 때 쓰이는 말.

♠ 내 장 한 번 더 떠먹은 놈이 내 흉 한마디 더 본다

☞ 뜻풀이 : 자신에게서 도움을 받은 사람이 오히려 다른 사람들에게 자신의 흉을 더
보고 다닌다는 뜻.

♠ 냉수 먹고 이쑤시기

☞ 뜻풀이 : 속으로는 실속이 없으나 겉으로는 허세를 부린다는 뜻.

♠ 넉달 가뭄에도 하루만 더 개었으면 한다

☞ 뜻풀이 : 다른 사람들은 다 불행 속에서 고통을 받고 있더라도 자기의 행복만 챙기
려고 한다는 뜻.

♠ 넘겨짚다 팔 부러진다

☞ 뜻풀이 : 무슨 일이든 자세히 알아보지 않고 어림잡아 짐작으로만 처리하다가는 큰
실수하게 될 때가 있을 것이라는 뜻.

♠ 노랑 병아리는 다 제것이라고 한다

☞ 뜻풀이 : 탐욕에 물든 사람은 자기 것과 비슷하게 생긴 것만 보아도 다 자기 것이라
고 우긴다는 뜻.

♠ 노여워할 때 노여워하지 않으면 간신이 일어나게 된다

☞ 뜻풀이 : 화를 내야 할 상황에서 화를 내지 않고 그대로 지나게 되면 바보로 취급하
여 무시하는 행동을 한다는 뜻.

♠ 녹은 쇠에서 생겨서 쇠를 먹는다

☞ 뜻풀이 : 쇠에서 생긴 녹이 오히려 나중에는 쇠를 좀먹어버리는 것처럼 같은 혈족끼리 다투어 모두가 손해를 입게 된다는 뜻.

♠ 농담 끝에 초상난다

☞ 뜻풀이 : 농담으로 무심코 던진 말이 화근이 되어 결국 싸움으로까지 크게 번지게 된다는 뜻.

♠ 높은 가지가 부러지기 쉽다

☞ 뜻풀이 : 높은 지위일수록 그 자리를 계속 보존하기가 어렵다는 뜻.

♠ 놓친 고기가 더 커 보인다

☞ 뜻풀이 : 잡았다가 놓친 고기가 이미 잡아서 손에 들고 있는 고기보다 더 커 보이듯이 누구나 자기가 잃어버린 것에 대해서 아까워하고 애석하게 생각한다는 뜻.

♠ 누워서 침뱉기

☞ 뜻풀이 : 다른 사람을 해치려고 한 일이 오히려 자기에게 고스란히 돌아온다는 뜻.

♠ 눈 먼 강아지 젖 탐내듯 한다

☞ 뜻풀이 : 눈 먼 강아지가 더듬거리며 어미 개의 젖을 찾듯이 어떤 일을 할 때 자기의 능력 이상의 것을 무모하게 도모하려는 사람을 이르는 말.

♠ 눈 먼 구렁이 꿩 알 굴리듯 한다

☞ 뜻풀이 : 어리석고 못난 사람이 다른 사람보다 먼저 나서서 야단법석을 떤다는 뜻.

♠ 눈 앞에서 자랑 말고 뒤에서 꾸짖지 말라

☞ 뜻풀이 : 상대방이 앞에 있을 때는 아첨하는 말을 하고 없을 때는 헐뜯고 욕하는 것은 옳지 않다는 뜻.

♠ 달면 삼키고 쓰면 뱉는다

☞ 뜻풀이 : 자기에게 유리하면 받아들이지만 만약 자기에게 불리한 일이면 받아들이지 않는 이기적인 사람을 이르는 말.

♠ 당장 먹기는 곶감이 달다

☞ 뜻풀이 : 어리석은 사람은 나중 일은 생각지 않고 당장 자기에게 이롭고 편해 보이는 일만을 하게 된다는 뜻.

♠ 대답 쉽게 하는 놈치고 일 제때에 하는 놈 못 봤다

☞ 뜻풀이 : 대답을 경솔하고 쉽게 하는 사람치고 신뢰할 만한 사람은 없다는 뜻.

♠ 더운 밥 먹고 식은 말 한다

☞ 뜻풀이 : 따뜻한 밥을 잘 먹고 나서 말 같지도 않은 엉뚱한 말을 한다는 뜻.

♠ 더위 먹은 소는 달만 보아도 헐떡인다

☞ 뜻풀이 : 어떤 일에 크게 당한 적이 있는 사람은 그것과 비슷한 것만 보아도 겁을 내며 긴장을 한다는 뜻.

♠ 덕담 끝은 있어도 악담 끝은 없다

☞ 뜻풀이 : 덕담을 많이 들으며 자란 사람은 앞날이 유망하지만 악담만 들으며 자란 사람은 앞으로도 훌륭한 인물이 되기는 매우 어렵다는 뜻.

♠ 도끼가 제 자루 못 깎고 중이 제 머리 못 깎는다

☞ 뜻풀이 : 이 세상의 일 가운데는 자기 자신의 일이라고 할지라도 자신이 해결하지 못하는 일이 있다는 뜻.

♠ 도끼로 제 발등 찍는다

☞ 뜻풀이 : 다른 사람을 해하기 위해 세운 계획이 오히려 자기에게 불리하게 돌아가 자기에게 해가 된다는 뜻.

♠ 도둑놈이 제 발자국 소리에 놀란다

☞ 뜻풀이 : 잘못을 저지르게 되면 양심의 가책을 받아 주변의 소리에도 민감하고 불안하게 된다는 뜻.

♠ 도둑이 제 발 저린다

☞ 뜻풀이 : 죄를 저지른 사람은 스스로 양심의 가책을 느껴 두려워한다는 뜻.

♠ 도토리 키 재기다

☞ 뜻풀이 : 서로 능력이 엇비슷해 별 차이가 없는데도 서로 자기가 잘났다고 우긴다는 뜻.

♠ 돈이 사람을 따라야지 사람이 돈을 따라서는 안 된다

☞ 뜻풀이 : 돈이란 사람이 노력한 만큼 그 대가로 주어지는 것이므로 노력하여 돈을 벌되 결코 완전히 돈의 노예가 되어서는 안 된다는 뜻.

♠ 동냥은 아니 주고 쪽박만 깬다

☞ 뜻풀이 : 다른 사람이 애원하는 일을 들어주지는 못할 망정 오히려 해를 끼치거나 방해만 된다는 뜻.

♠ 뒤로 호박씨 깐다

☞ 뜻풀이 : 겉으로는 얌전한 척하지만 속으로는 의뭉스러운 짓을 한다는 뜻.

♠ 등치고 간 빼먹는다

☞ 뜻풀이 : 겉으로는 가장 위해 주는 척하면서도 속으로는 해를 끼치고 자기 잇속 채울 생각만 한다는 뜻.

♠ 똥 묻은 개가 겨 묻은 개를 나무란다

☞ 뜻풀이 : 자신의 허물이 더 큰데도 그것은 깨닫지 못하고 다른 사람의 사소한 허물을 흉본다는 뜻.

♠ 마른 나무에 꽃이 피랴

☞ 뜻풀이 : 전혀 가망이 없는 일에는 계속 희망을 걸고 있을 필요가 없으니 포기할 것은 깨끗이 포기해 버리라는 뜻.

♠ 마른 땅에 말뚝 박기

☞ 뜻풀이 : 일을 아무 계획성 없이 다짜고짜로 힘들게 마구 해 나간다는 뜻.

♠ 마른 하늘에 날벼락

☞ 뜻풀이 : 전혀 예상치도 못하던 재앙이나 시련이 갑자기 들이닥친 경우를 이르는 말.

♠ 말 갈 데 소 갈 데 가리지 않는다

☞ 뜻풀이 : 어떤 목적을 위하여 자기의 몸을 아끼지 않고 그 어떤 험한 곳도 가리지 않고 다 돌아다닌다는 뜻.

♠ 말로는 사람의 속을 모른다
☞ 뜻풀이 : 말로는 별의별 소리를 다 할 수 있으나 그 사람이 하는 말만 들어서는 그 사람이 무슨 생각을 하고 있는지 도저히 알 수 없다는 뜻.

♠ 말 안 하면 귀신도 모른다
☞ 뜻풀이 : 어렵고 힘든 일을 겪고 있다면 혼자 속으로 끙끙 앓지 말고 속시원하게 말을 하라는 뜻.

♠ 말은 기회가 맞지 않으면 한 마디도 많다
☞ 뜻풀이 : 말이란 상황에 따라 적절하게 해야 하며 상황에 맞지 않은 말은 해봐야 아무 소용이 없다는 뜻.

♠ 말은 청산 유수 같다
☞ 뜻풀이 : 말은 거침없이 유창하게 많이 하지만 실천은 그에 따라가지 못한다는 뜻.

♠ 말이 많을수록 쓸 말이 적다
☞ 뜻풀이 : 말을 많이 하게 되면 자연히 말실수를 하게 되는 경우가 많으므로 말을 많이 하는 것은 삼가야 한다는 뜻.

♠ 말이 아니면 듣지를 말고 길이 아니면 가지를 말랬다
☞ 뜻풀이 : 옳은 말이 아니면 아니 듣는 것만 못하니 차라리 듣지 않는 것이 유익하며 갈 길이 아닌 곳은 가지 않는 것이 이롭다는 뜻.

♠ 맑은 물에 고기 안 논다
☞ 뜻풀이 : 물이 너무 맑으면 양분이 없어서 고기도 모이지 않는 것처럼 청렴결백이 너무 도가 지나치면 사람이 붙지 않는다는 뜻.

♠ 망둥이가 뛰면 꼴뚜기도 뛴다

☞ 뜻풀이 : 다른 사람이 한다고 하니까 그 일에 아무 관련도 없고 그럴 처지도 못 되는 사람이 덩달아 날뛴다는 뜻.

♠ 맞은 놈은 펴고 자고, 때린 놈은 오그리고 잔다

☞ 뜻풀이 : 다른 사람을 괴롭힌 사람은 훗일이 두려워 마음이 불안하지만, 해를 입은 당사자는 오히려 마음만은 편하다는 뜻.

♠ 매화도 한철, 국화도 한철

☞ 뜻풀이 : 모든 것은 한창 때가 따로 있으나 언젠가는 반드시 쇠하고 만다는 뜻.

♠ 머리 검은 짐승은 남의 공을 모른다

☞ 뜻풀이 : 사람은 다른 사람에게 받은 은혜를 잊어버리고 짐승만도 못하게 행동할 때가 있다는 뜻.

♠ 먹지 않겠다고 침 뱉은 우물 다시 먹는다

☞ 뜻풀이 : 두 번 다시는 상대하지 않을 것처럼 갖은 욕설을 다 퍼붓고 돌아섰다가는 자기 사정이 급하게 되자 다시 찾아와서 부탁을 한다는 뜻.

♠ 메뚜기도 유월이 한철이라

☞ 뜻풀이 : 어느 일이든 이루어질 날이 있으나, 그 전성기는 매우 짧다는 뜻.

♠ 모가지가 열 개 있어도 모자란다

☞ 뜻풀이 : 너무 무모하고 위험천만한 일만을 벌이는 사람을 이르는 말.

♠ 모난 돌이 정 맞는다

☞ 뜻풀이 : 성질이 원만하지 못하고 모가 난 사람은 다른 사람들에게서 말을 듣거나 미움을 받는다는 뜻.

♠ 목 매단 사람을 구한다면서 그 발을 잡아당긴다

☞ 뜻풀이 : 남을 궁지에서 구해준다는 것이 오히려 더 결과를 어렵게 만드는 경우를 이르는 말.

♠ 못난 놈이 잘난 체, 모르는 놈이 아는 체, 없는 놈이 있는 체한다

☞ 뜻풀이 : 실제로는 전혀 실속도 없는 사람이 겉으로만 번지르르하게 하고 다니면서 거드름을 피운다는 뜻.

♠ 못난 여자는 거울만 나무란다

☞ 뜻풀이 : 못생긴 여자가 거울 나무라듯 제 잘못은 생각지 못하고 오히려 상황이나 조건에 탓을 돌린다는 뜻.

♠ 못난 자식이 조상 탓한다

☞ 뜻풀이 : 어리석은 사람은 자신의 무능력함은 생각지 않고 일이 안 되면 애매한 조상만 원망한다는 뜻.

♠ 못된 고양이, 잡으라는 쥐는 안 잡고 씨암탉만 잡는다

☞ 뜻풀이 : 어리석은 사람은 자신이 응당 해야 할 일은 하지 않고 다른 사람에게 피해 주는 일만 골라서 한다는 뜻.

♠ 못 먹는 감 찔러나 본다

☞ 뜻풀이 : 자기가 갖지 못할 바에는 아예 남도 갖지 못하도록 못 쓰게 만든다는 뜻.

♠ 못 올라갈 나무는 쳐다보지도 말아라

☞ 뜻풀이 : 자기의 처지와 능력을 잘 파악하여 자신이 할 수 없을 것 같은 일은 아예
처음부터 생각지도 말라는 뜻.

♠ 문경이 충청도가 되었다 경상도 되었다 하듯 한다

☞ 뜻풀이 : 충청북도와 경상북도의 접경 지역에 위치하고 있는 문경은 어느 도에 속하
는지 애매한 것처럼 어떤 일이 판단하기에 전혀 명확하지 못한 경우를 이
르는 말.

♠ 문(門) 바른 집은 써도 입 바른 집은 못 쓴다

☞ 뜻풀이 : 지나칠 정도로 시비를 가려서 까다롭게 따지는 사람은 다른 사람의 원망과
노여움을 사기 쉽다는 뜻.

♠ 물건은 새것을 쓰고 사람은 옛 사람을 써라

☞ 뜻풀이 : 물건은 가능한 한 새것을 쓰는 것이 좋고 사람은 오래 겪어 보았던 신뢰할
만한 사람을 쓰는 것이 좋다는 뜻.

♠ 물건은 생산지를 떠나면 비싸지고 사람은 고행을 떠나면 천해진다

☞ 뜻풀이 : 물건은 그 물건이 생산되는 곳에서는 흔하기 때문에 가격이 싸지만 다른
지방으로 가게 되면 더 비싸지고, 사람은 자기 고향을 떠나면 도리어 낯선
곳의 사람들로부터 천대를 받게 된다는 뜻.

♠ 물려받은 재산은 지키기가 더 어렵다
☞ 뜻풀이 : 자신이 직접 힘들여 돈을 벌기도 어렵지만 부모로부터 물려받은 재산을 잘 관리하는 것 또한 아주 힘들다는 뜻.

♠ 물만 밥에 목멘다
☞ 뜻풀이 : 물에 만 밥이라고 해서 안심하고 성급히 먹다가는 목에 걸리기 쉽듯이 어떤 일이 겉으로 쉬워 보인다고 해서 성급히 하다가는 실수할 염려가 있으므로 항상 조심하라는 뜻.

♠ 물쓰듯한다
☞ 뜻풀이 : 어떤 물건이나 돈을 흥청망청 함부로 쓴다는 뜻.

♠ 물에 빠진 놈 건져 놓으니까 내 보따리 내놓으라 한다
☞ 뜻풀이 : 다른 사람에게 큰 도움을 받고 난 후, 그 고마움도 모르고 도리어 도와준 사람의 작은 실수를 잡아 책하려 한다는 뜻.

♠ 물이 아니면 건너지 말고, 인정이 아니면 사귀지 말라
☞ 뜻풀이 : 사람을 사귈 때에는 순수한 마음으로 사귀어야 하며, 자신의 이익을 따져보고 사귀어서는 안 된다는 뜻.

♠ 미련한 놈 가슴엔 고드름이 안 녹는다
☞ 뜻풀이 : 무지하고 미련한 사람이 한번 앙심을 품으면 좀처럼 쉽게 풀리지 못한다는 뜻.

♠ 미운 사람에게 먼저 인사하라
☞ 뜻풀이 : 자신이 미워하고 싫은 사람에게는 오히려 더 따뜻하게 대해 주어서 친해지려고 노력해야 한다는 뜻.

♠ 미운 송아지 엉덩이에 뿔난다

☞ 뜻풀이 : 돼 먹지 못한 사람이 더 건방지고 좋지 못한 행동을 일삼는다는 뜻.

♠ 미친 년 널뛰듯 한다

☞ 뜻풀이 : 자기 분수도 모르고 함부로 날뛰는 것을 이르는 말.

♠ 바위를 치면 제 발부리만 아프다

☞ 뜻풀이 : 홧김에 바위를 차면 결국 자기 발만 아프듯이, 일시적 흥분으로 무모한 짓을 하면 자기에게만 손해라는 뜻.

♠ 발가벗고 달밤에 체조한다

☞ 뜻풀이 : 분별없는 말을 하고 다니거나 체통 없는 행동을 하고 다니는 사람을 이르는 말.

♠ 발 없는 말이 천리 간다

☞ 뜻풀이 : 말은 한번 하면 아무리 비밀로 한 말이라고 할지라도 사람의 입에서 입으로 잘 전달되기 때문에 무슨 말이든 조심해서 해야 한다는 뜻.

♠ 밤이슬 맞는 놈

☞ 뜻풀이 : 도둑이 밤에 다닌다고 하여 도둑을 이르는 말.

♠ 방귀 뀐 놈이 성낸다

☞ 뜻풀이 : 자기가 잘못을 하고서 도리어 화를 낸다는 뜻.

♠ 배보다 배꼽이 더 크다

☞ 뜻풀이 : 당연히 작아야 할 것이 크다는 뜻.

♠ 백 년을 다 살아도 삼만육천오백 일

☞ 뜻풀이 : 인간의 수명은 제한되어 있는 것이니 살아 있는 동안 인생을 허비하지 말고 보람 있고 값지게 살라는 뜻.

♠ 백미에도 뉘가 있고 옥에도 티가 있다

☞ 뜻풀이 : 아무리 뛰어나고 훌륭한 인물이라고 하더라도 사소한 허물은 누구에게나 있다는 뜻.

♠ 백 번 죽어 싸다

☞ 뜻풀이 : 죽어도 오히려 모자랄 만큼 저지른 죄가 굉장히 크다는 뜻.

♠ 백성들과 바라는 것이 같으면 그 일은 성사된다

☞ 뜻풀이 : 자신이 하고자 하는 바가 여론이 바라는 바와 같다면 그 일은 반드시 성공한다는 뜻.

♠ 백성들의 분노가 쌓이게 되면 모반하게 된다

☞ 뜻풀이 : 민중의 분노를 사게 되면 언젠가는 반드시 반란이 일어나게 되므로 민중의 여론을 적절히 수렴할 줄 알아야 한다는 뜻.

♠ 백성들의 신망이 있는 사람은 승리한다

☞ 뜻풀이 : 민중들로부터 지지를 얻는 사람은 보이지 않는 그들의 성원으로 인해 뜻하는 바를 이룰 수 있다는 뜻.

♠ 백성을 멀리하면 나라가 망한다

☞ 뜻풀이 : 백성들의 의사와 이익을 존중하지 않고 무시해버리면 나라까지도 위태롭게 되므로 민심에 귀기울여야 한다는 뜻.

♠ 백옥도 떨어뜨리면 흠이 생긴다

☞ 뜻풀이 : 아무리 착하기로 소문난 사람이라고 하더라도 한번 잘못을 저지르게 되면 그 허물을 벗기 어렵다는 뜻.

♠ 백 일 붉은 꽃 없고 천 일 좋은 사람 없다

☞ 뜻풀이 : 어떠한 일이든 번성할 때가 있는 것이며 그 시기가 지나면 곧 쇠퇴하게 된다는 뜻.

♠ 뱁새가 황새 걸음을 걸으면 가랑이가 찢어진다

☞ 뜻풀이 : 다른 사람들이 다 한다고 해서 자신의 힘이나 능력으로는 버거운 일을 억지로 해 나가려다가는 도리어 큰 화를 당하게 된다는 뜻.

♠ 버릇 고치라니까 과부집 문고리 빼들고 엿장수 부른다

☞ 뜻풀이 : 자기의 허물을 고치라고 충고를 해주어도 못 들은 체하고 오히려 더 나쁜 짓을 일삼는다는 뜻.

♠ 벌레도 밟으면 꿈틀한다

☞ 뜻풀이 : 아무리 순하거나 인내심 있는 사람도 도에 지나치게 자극을 가하게 되면 더 이상 참지 못하고 반항하게 되므로 아무리 사람이 순해 아무 말 없이 잘 참는다고 해도 무시하지 말고 존중해 주어야 한다는 뜻.

♠ 벙어리 속은 그 어머니도 모른다

☞ 뜻풀이 : 자신의 의사를 말로 표현하지 않으면 비록 가장 가까운 사람이라고 할지라도 그 마음을 헤아릴 수 없다는 뜻.

♠ 벼락 맞을 소리

☞ 뜻풀이 : 실제로 있지도 않은 사실을 꾸미거나 작은 일을 크게 부풀려 과장하여 남을 중상 모해하려는 말을 한다는 뜻.

♠ 벼룩도 낯짝이 있다

☞ 뜻풀이 : 자기가 한 행동에 대해 전혀 뉘우치지 못하고 오히려 너무나도 뻔뻔스러운 사람을 이르는 말.

♠ 벼룩의 간을 내먹는다

☞ 뜻풀이 : 극히 적은 것조차도 부당하게 착취하는 것을 이르는 말.

♠ 병신보고 병신이라 하면 노여워한다

☞ 뜻풀이 : 아무리 바른 말이라고 하더라도 그 말을 해야 할 때가 있고 자제해야 할 때가 있다는 뜻.

♠ 병 주고 약 준다

☞ 뜻풀이 : 이미 마음에 상처를 주고서 달래준다는 뜻.

♠ 본 개나 말은 잘 못 그려도 보지 못한 도깨비는 잘 그린다

☞ 뜻풀이 : 직접 자기 눈으로 본 개나 말은 못 그리면서 보지도 못한 도깨비는 잘 그리듯이 정작 하라고 시킨 일은 하지 않고 하지 말라는 일은 잘한다는 뜻.

♠ 봄꽃도 한때

☞ 뜻풀이 : 영속할 것만 같은 이 세상의 부귀 영화도 일시적이며 한때뿐이라는 뜻.

♠ 봄도 한철, 꽃도 한철

☞ 뜻풀이 : 모든 일의 전성기는 한때이며, 청춘도 누구에게나 한때라는 뜻.

♠ 봉사가 봉사를 인도하면 둘이 다 개천에 빠진다

☞ 뜻풀이 : 어리석은 사람들이 함께 동업을 하게 되면 결국은 둘 다 망하게 된다는 뜻.

♠ 부른 배가 고픈 배보다 더 답답하다

☞ 뜻풀이 : 좀 모자라는 것이 너무 지나친 것보다 오히려 더 낫다는 뜻.

♠ 부서진 갓 모자가 되었다

☞ 뜻풀이 : 남에게 몹시 부끄러움을 당하여 얼굴을 못 들게 된 처지를 이르는 말.

♠ 부자 하나이면 세 동네가 망한다

☞ 뜻풀이 : 무슨 큰 일을 이루자면 허다한 희생을 치르게 된다는 뜻.

♠ 부처님 위해서 불공하나?

☞ 뜻풀이 : 부처님에게 불공드리는 일은 자신의 복을 받으려 하는 것이라는 말이니, 남을 위해서 하는 일도 사실은 자기의 일을 위하여 하는 것이라는 뜻.

♠ 북은 칠수록 소리가 난다

☞ 뜻풀이 : 안 좋은 일은 건드릴수록 더 악화되고 나쁜 상대하고 다투면 다툴수록 손해만 더 커진다는 뜻.

♠ 불난 집에 키 들고 간다

☞ 뜻풀이 : 남의 안 되는 일을 더 안 되게 해준다는 말.

♠ 불뚝 성이 살인 낸다
☞ 뜻풀이 : 불끈 성이 나게 되면 사람이 이성을 잃게 되므로 그 상태에서 큰 사고를 저지르게 된다는 뜻.

♠ 불아귀 같다
☞ 뜻풀이 : 자신의 욕심만 계산하고 조금도 남의 생각은 하지 않는 사람을 두고 이르는 말.

♠ 불 지나간 자린 있어도 물 지나간 자린 없다
☞ 뜻풀이 : 불난 뒤엔 타고 남은 재라도 남지만 홍수 뒤엔 아무 것도 안 남는다. 그만큼 화재보다는 수해가 더 무섭다는 뜻.

♠ 붉고 쓴 장
☞ 뜻풀이 : 겉으로 보기는 맛좋게 보이나, 맛은 그 반대로 좋지 않을 때 쓰는 말.

♠ 빚은 이자도 늘고, 걱정도 는다
☞ 뜻풀이 : 다른 사람에게 돈을 빌려 쓰게 되면 이자도 날로 불어나게 되고 그와 동시에 걱정도 불어나므로 다른 사람의 돈은 될 수 있으면 빌려 쓰지 말라는 뜻.

♠ 빚 주고 원한 사지 말라
☞ 뜻풀이 : 돈을 빌려주든지 빌리든지 금전적인 거래를 하게 되면 결국은 거래를 한 사람과의 사이가 나빠지게 되므로 친한 사이일수록 금전 거래는 되도록 하지 않는 것이 좋다는 뜻.

♠ 사나운 개, 입 성할 날 없다
☞ 뜻풀이 : 난폭하고 다투기 좋아하는 사람은 늘 싸우기만 하여 상처가 미처 나을 새도 없다는 뜻.

♠ 사내 등골을 빼먹는다

☞ 뜻풀이 : 아내가 알뜰하지 못하고 씀씀이가 헤프면 남편이 돈을 많이 벌기 위해 고생하게 된다는 뜻.

♠ 사람에게 홀리면 덕을 잃고 물건에도 홀리면 본심을 잃는다

☞ 뜻풀이 : 아무리 현명한 사람일지라도 물건에 일단 현혹되고 나면 이성적인 판단이 흐려지게 되므로 본심을 잃게 된다는 뜻.

♠ 사람 위에 사람 없고 사람 밑에 사람 없다

☞ 뜻풀이 : 사람은 본시 태어날 때부터 평등하여 모두에게 그 권리나 의무가 동일하다는 뜻.

♠ 사람은 마음으로 굴복시켜야 거역하지 않는다

☞ 뜻풀이 : 진심에서 우러나온 마음으로 상대방을 자기 사람으로 만들면 그 사람이 나중에 자신을 배반하지 않으나 사람을 권력으로 굴복시키면 후에 배반을 하게 된다는 뜻.

♠ 사람은 재물을 탐내다 죽고 새는 먹이를 탐내다 죽는다

☞ 뜻풀이 : 탐욕을 너무 지나치게 부리다가 결국 화를 입게 된다는 뜻.

♠ 사람은 착하지 않거든 사귀지 말고 물건은 옳지 않거든 취하지 말라

☞ 뜻풀이 : 품위 없고 바르지 못한 사람과 사귀게 되면 좋지 않은 영향을 받기 쉬우므로 나쁜 사람과는 아예 상종도 하지 않는 것이 좋다는 뜻.

♠ 사람을 안다는 것은 얼굴을 아는 것이지 마음을 아는 것은 아니다
☞ 뜻풀이 : 사람과 사귐에 있어 겉으로 드러나지 않는 그 사람의 속마음까지는 알기가 어렵다는뜻.

♠ 사람 팔자 시간 문제다
☞ 뜻풀이 : 사람의 팔자는 언제 어떻게 변할지 예측하기 어렵고 지금 비록 하찮아 보이는 사람도 나중에 어떻게 될지 모르니 어떤 사람이든 간에 괄시를 해서는 안 된다는 뜻.

♠ 사슴은 사향 때문에 죽고 사람은 입 때문에 망한다
☞ 뜻풀이 : 사슴의 사향이 인간의 병을 치유하는 약재로 쓰이기 때문에 사슴은 사향 때문에 죽임을 당하기 쉽고, 사람은 입을 통해 한 말이 실수가 되어 큰 화를 자초할 수가 있다는 뜻.

♠ 사십 전 바람은 고쳐도 사십 후 바람은 못 고친다
☞ 뜻풀이 : 젊었을 때의 바람기는 고칠 수 있지만 나이가 지긋이 든 후에 바람이 나면 그 바람기는 여간해서는 고치기가 어렵다는 뜻.

♠ 사자 없는 산에 토끼가 왕 노릇 한다
☞ 뜻풀이 : 주장이 되는 사람이 없으면 그 일을 할 능력을 갖추지 못한 사람이 득세하여 우쭐거린다는 뜻.

♠ 사촌이 땅을 사면 배가 아프다
☞ 뜻풀이 : 다른 사람의 일이 잘 되면 함께 기뻐해 주고 축하해 주어야 하는데 오히려 시기하고 질투한다는 뜻.

♠ 사탕발림

☞ 뜻풀이 : 얕은 속임수로 겉만 그럴듯하게 잘 꾸며 놓고 다른 사람을 속이려는 행동을 이르는 말.

♠ 산 속에 있는 열 놈의 도둑은 잡아도 마음속에 있는 한 놈의 도둑은 못 잡는다

☞ 뜻풀이 : 밖으로 드러나는 허물은 마음만 굳게 먹는다면 충분히 고칠 수 있지만 자기 마음속에 있는 탐욕은 오히려 고치기가 매우 힘들다는 뜻.

♠ 산에 가서 호랑이 잡기는 쉬워도 입을 열고 바른 말을 하기는 어렵다

☞ 뜻풀이 : 상대방의 장점이 아니라 결점에 대해서 충고해 주는 일이나 바른 말을 해 주기는 매우 어려운 일이라는 뜻.

♠ 삼 년 가는 흉 없고 석 달 가는 칭찬 없다

☞ 뜻풀이 : 흉이든 칭찬이든 들을 당시에는 기분이 많이 좌우되지만, 그리 오래 가지 않고 쉽게 잊혀지므로 필요 이상으로 흉이나 칭찬에 집착할 필요는 없다는 뜻.

♠ 생사람 잡는다

☞ 뜻풀이 : 그 일과는 전혀 아무런 관련도 없고 잘못도 없는 사람에게 억울한 누명을 뒤집어씌운다는 뜻.

♠ 서울 가본 놈하고 안 가본 놈이 싸우면 서울 안 가본 놈이 이긴다

☞ 뜻풀이 : 어떤 일에 대해 모르는 사람은 무턱대고 우기기 때문에 실제로 아는 사람보다 모르는 사람이 더 고집스럽다는 뜻.

♠ 서울 가서 김서방 찾기다
☞ 뜻풀이 : 어떤 일을 확실한 근거를 토대로 진행하지 않고 주먹구구식으로 진행한다는 뜻.

♠ 서울 소식은 시골 가서 들으랬다
☞ 뜻풀이 : 자신에 관한 어떠한 일의 객관적인 판단은 자기 자신보다 오히려 타인이
　　　　　 더 잘 할 수 있다는 뜻.

♠ 설마가 사람 잡는다
☞ 뜻풀이 : 설마 실패하리라고 생각하지 않던 일에서 예상치 않게 실패했다는 뜻.

♠ 세 사람만 우겨대도 없는 호랑이를 만들어 낸다
☞ 뜻풀이 : 호랑이가 거리에 나왔다고 세 사람 정도만 거짓으로 우겨대도 주변 사람들
　　　　　 은 그것을 믿게 된다는 뜻으로 근거 없는 말이라 할지라도 여러 사람이 말
　　　　　 하면 곧이 믿게 된다는 뜻.

♠ 세상에 어려운 일은 언제나 쉬운 데서 일어난다
☞ 뜻풀이 : 아무리 어려운 일도 그 원인은 아주 조그만 일에서부터 비롯된 것이라는 뜻.

♠ 세 치 혀가 다섯 자 몸을 망친다
☞ 뜻풀이 : 사람이 신중하지 못하게 말을 하면 그것이 허물이 되어 언젠가는 결국 그
　　　　　 말로 인해 안 좋은 결과를 초래하게 된다는 뜻.

♠ 소경이 개천을 나무란다
☞ 뜻풀이 : 자기의 잘못이나 허물은 생각지 못하고 다른 사람만 원망한다는 뜻.

♠ 소 잃고 외양간 고친다

☞ 뜻풀이 : 소를 잃어버리고 나서 소 없는 외양간을 고치면 아무 소용도 없듯이 이미
일을 그르친 뒤에야 대비하는 것은 어리석은 일이라는 뜻.

♠ 속 다르고 겉 다르다

☞ 뜻풀이 : 겉으로 나타나는 행동과 속에 가지고 있는 생각이 서로 일치하지 않는 사
람을 이르는 말.

♠ 손톱 밑의 가시 드는 줄은 알아도 염통 밑에 쉬 썩는 줄은 모른다

☞ 뜻풀이 : 바로 눈앞에 보이는 사소한 문제는 잘 보지만 눈에 띄지 않는 막대한 손해
는 알아차리지 못하는 어리석음을 이르는 말.

♠ 송사는 이기나 지나 망한다

☞ 뜻풀이 : 어떤 일의 이해 관계로 소송을 걸게 되면 소송에 대한 경비도 많이 들고 소
송이 이어지면서 정신적으로도 지치게 되므로 소송에 이긴 사람이나 진 사
람이나 둘 다 금전적으로나 정신적으로나 손해를 보게 된다는 뜻.

♠ 술 덤벙 물 덤벙 한다

☞ 뜻풀이 : 일을 처리함에 신중하게 처리하지 못하고 몹시 허둥대며 경망스럽게 처리
한다는 뜻.

♠ 술은 먹어도 술에 먹히지는 말라

☞ 뜻풀이 : 술을 마시더라도 이성을 잃을 정도로 지나치게 많이 마시지는 말고 기분이
좋을 정도로만 적당히 마셔야 된다는 뜻.

♠ 술은 미치광이 되는 약이다
☞ 뜻풀이 : 술을 많이 마시면 이로울 것이 없으므로 술 조심을 하라는 뜻.

♠ 술 좋아하면 주정꾼 되고 놀기 좋아하면 건달 된다
☞ 뜻풀이 : 술을 지나치게 좋아하다 보면 주정꾼이 되기 쉽고 노는 것을 지나치게 좋아하면 건달이 되기 쉬우므로 무엇이든 지나치면 자신에게 이롭지 않으므로 주의하라는 뜻.

♠ 쉽게 번 돈 쉬 나가고 어렵게 번 돈 어렵게 나간다
☞ 뜻풀이 : 쉽게 들어온 돈은 돈의 귀중함을 모르고 쉽게 써버릴 수 있지만 자신이 피땀흘려 번 돈은 그 돈의 소중함을 알아 아낄 줄 안다는 뜻.

♠ 실없는 말이 송사 건다
☞ 뜻풀이 : 아무 생각 없이 뱉은 한마디 때문에 나중에 큰 화를 불러 올 수도 있으므로 주의하라는 뜻.

♠ 싸움 잘하는 놈 치고 골병 안 든 놈 없다
☞ 뜻풀이 : 싸움하기를 좋아하는 사람은 그만큼 상처도 많이 입게 되어 있다는 뜻.

♠ 싼 것이 비지떡이다
☞ 뜻풀이 : 물건이 싸다고 해서 무조건 좋아할 것이 아니라 값싼 물건은 그만큼 품질도 좋지 않을 것임을 명심하라는 뜻.

♠ 쌍지팡이 짚고 나선다
☞ 뜻풀이 : 어떤 일이 나쁜 결과를 가져다주리라는 것을 충분히 알기 때문에 그 일을 하려는 사람을 말리려 한다는 뜻.

♠ 아가리만 벌리면 욕이요, 주먹만 쥐면 싸움이다

☞ 뜻풀이 : 말끝마다 욕설을 퍼붓고 사사건건 시비를 거는 질이 좋지 않은 사람을 이르는 말.

♠ 아는 사람 욕하는 것은 무식한 사람이고 양반 욕하는 것은 상놈이다

☞ 뜻풀이 : 무식한 사람은 자신이 무식하기 때문에 많이 배운 사람에 대한 시기심으로 유식한 사람을 욕하고, 상놈은 자기 자신의 처지와 비교해볼 때 양반의 위치가 부러우므로 양반을 시기하여 욕한다는 뜻.

♠ 아이 싸움이 어른 싸움 된다

☞ 뜻풀이 : 대개 아이들 싸움이 부모들 싸움으로 번지는 경우가 많다는 뜻.

♠ 아저씨 아저씨 하고 길짐만 지운다

☞ 뜻풀이 : 겉으로는 존경하는 척하지만 실은 그 사람을 부려먹을 대로 부려먹는 것을 이르는 말.

♠ 아주머니 아주머니 하면서 외상 술 달랜다

☞ 뜻풀이 : 다른 사람에게 필요 이상으로 친한 척 아부를 떠는 사람은 나름대로의 꿍꿍이 속이 있어서 그러는 것이라는 뜻.

♠ 아주 용감한 사람은 겁쟁이 같다

☞ 뜻풀이 : 진정 용감한 사람은 함부로 나서는 법이 없어 다른 사람들이 보기에는 오히려 겁쟁이 같아 보일 수도 있다는 뜻.

♠ 앞뒤가 꼭 막혔다
☞ 뜻풀이 : 매사에 곧이곧대로 일을 처리하는 융통성이라고는 전혀 없는 사람을 이르는 말.

♠ 얌전한 고양이가 부뚜막에 먼저 오른다
☞ 뜻풀이 : 겉모습만 보아서는 얌전해 보이는 사람이 오히려 실제로는 더 행동이 난잡하고 약삭빠르다는 뜻.

♠ 어리석은 사람은 그가 보는 것만 믿는다
☞ 뜻풀이 : 어리석은 사람은 견문이 좁아서 자기가 본 것 이외에는 절대로 믿으려 들지 않는다는 뜻.

♠ 어물전 망신은 꼴뚜기가 시키고 실과 망신은 모과가 시킨다
☞ 뜻풀이 : 어리석은 사람은 자기 혼자만 망신을 당하는 것이 아니라 자신의 어리석음으로 인해 주위 사람들까지도 모두 망신을 시킨다는 뜻.

♠ 억지도 쓸 데는 써야 한다
☞ 뜻풀이 : 무턱대고 억지를 부려서는 안 되지만 억지를 부릴 만한 일에는 억지도 부릴 줄 알아야 한다는 뜻.

♠ 언 발에 오줌누기다
☞ 뜻풀이 : 더 나쁘게 될 것을 알면서도 잠시 효과가 있으니까 어리석게 한다는 뜻.

♠ 얼르고 등골 뺀다
☞ 뜻풀이 : 다른 사람이 보는 앞에서는 잘해 주는 척하지만 뒤로는 해를 입히려 드는 것을 이르는 말.

180

♠ 없는 놈이 잘살게 되면 거지 쪽박을 깬다
☞ 뜻풀이 : 가난했던 사람이 돈을 벌게 되면 부자인 사람보다 더 인색해지기 때문에 어려운 사람을 동정하지는 못하고 오히려 못되게 군다는 뜻.

♠ 여색과 욕심은 죽어야 떨어진다
☞ 뜻풀이 : 대개의 남자들에게 있는 여색과 재물을 탐하는 안 좋은 버릇은 여간해서 고칠 수 없다는 뜻.

♠ 여우가 호랑이의 위엄을 빌려 위세를 부린다
☞ 뜻풀이 : 다른 사람의 권세를 빌려 위세를 부리고 권력을 남용한다는 뜻.

♠ 열 번 잘 하고 한 번 실수를 하지 말아야 한다
☞ 뜻풀이 : 아무리 이제까지 좋은 행실을 보였어도 한 번 잘못을 하게 되면 그 전에 행한 일들은 인정받지 못하고 오히려 더 책망을 들을 수 있으니 언제나 실수를 하지 않도록 조심해야 한다는 뜻.

♠ 예의도 지나치면 무례가 된다
☞ 뜻풀이 : 예의범절도 정도 있게 지켜야지 지나치면 상대방이 부담을 느껴 오히려 예의에 어긋나게 되는 법이란 뜻.

♠ 옛날은 옛날이고 지금은 지금이다
☞ 뜻풀이 : 과거의 일과 현재의 일은 엄연히 사정이 다르므로 비교할 수 없다는 뜻.

♠ 오래 가는 거짓말 없다
☞ 뜻풀이 : 거짓말로 잠시 위기를 모면하게 되었다고 해도 모든 거짓말은 결국 나중에 가서는 탄로가 나게 마련이라는 뜻.

♠ 오래 앉으면 새도 살을 맞는다
　☞ 뜻풀이 : 아무리 자신에게 이로운 곳이라고 할지라도 너무 오래 그 자리에 버티고 있으면 시기하는 무리들의 표적이 되어 화를 당하기 쉽다는 뜻.

♠ 오른손이 하는 일은 왼손도 몰라야 한다
　☞ 뜻풀이 : 성경에서 유래된 말로 선한 일을 할 때에는 남에게 드러내지 말고 남모르게 해야 한다는 뜻.

♠ 왜가리가 형님이라고 하겠다
　☞ 뜻풀이 : 목소리가 곱지 못한 사람은 자신의 목소리처럼 인심도 사납고 말조차 친절하지 못한다는 뜻.

♠ 욕 많이 먹는 사람이 오래 산다
　☞ 뜻풀이 : 다른 사람에게 몹쓸 짓을 많이 해서 미움을 받는 사람이 오히려 더 오래오래 살아 못된 짓을 한 만큼 치욕스럽게 살게 된다는 뜻.

♠ 욕심 많은 놈치고 인색하지 않은 놈 없다
　☞ 뜻풀이 : 욕심이 많은 사람은 보통 인정이 없고 구두쇠가 많다는 뜻.

♠ 욕심은 끝이 없고 불평은 한이 없다
　☞ 뜻풀이 : 욕심 많고 불평 많은 사람은 아무리 풍족해도 만족하지 못해 그 욕심과 불평이 나중에는 화를 불러일으킬 수 있으므로 지나친 욕심과 불평은 삼가야 한다는 뜻.

♠ 욕심은 낼수록 는다
☞ 뜻풀이 : 욕심이란 한번 생기기 시작하면 점점 더 커지게 되어 더 큰 과욕을 부리게 된다는 뜻.

♠ 욕심은 눈을 멀게 한다
☞ 뜻풀이 : 욕심이 과도한 사람은 물질에 눈이 어두워 그 외의 것들에 대해서는 생각 조차 하지 못한다는 뜻.

♠ 욕심은 법도를 깨뜨리고 방종은 예의를 무너뜨린다
☞ 뜻풀이 : 지나친 욕심은 법도에도 어긋난 것이며 방종은 예의에 어긋난 것이라는 뜻.

♠ 용 못 된 이무기 심술만 남았다
☞ 뜻풀이 : 나쁜 행동만 일삼고 심보가 아주 고약하여 아무에게서도 인정받지 못하는 사람을 이르는 말.

♠ 용 바위를 회쳐 먹겠다
☞ 뜻풀이 : 어떤 위험한 일에도 겁이 없이 배짱이 두둑하게 행동하는 사람을 이르는 말.

♠ 우는 과부가 시집가고 웃는 과부가 수절한다
☞ 뜻풀이 : 나약하고 잘 우는 사람은 의지가 없어서 절개를 지킬 수 없다는 뜻.

♠ 우물가에서 숭늉 찾는다
☞ 뜻풀이 : 성미가 매우 급하여 필요한 물건을 엉뚱한 곳에 가서 찾는다는 뜻.

♠ 웃는 얼굴에 침 뱉기다
☞ 뜻풀이 : 자기에게 친절하고 잘 대해 주는 사람에게 오히려 박대한다는 뜻.

♠ 웃으며 등친다
☞ 뜻풀이 : 겉으로 호의적인 모습을 보이면서 속으로는 음흉한 마음을 품고 상대에게 해를 가하려 한다는 뜻.

♠ 원님보다 아전이 더 무섭다
☞ 뜻풀이 : 실제로 막강한 권세를 지니고 있는 사람보다 그 밑에 있는 사람이 오히려 그 권력을 남용하고 가혹하게 군다는 뜻.

♠ 음식은 갈수록 줄고 말은 갈수록 보태진다
☞ 뜻풀이 : 음식은 옮겨질 때마다 사람들이 주워먹기 때문에 줄지만 말은 입에서 입으로 옮겨질 때마다 한 마디씩 더 보태지게 되므로 항상 말조심하라는 뜻.

♠ 의붓아비 떡치는 데는 가도 친아비 도깨질 하는 데는 가지 말라
☞ 뜻풀이 : 아무리 좋은 것이 있다 하더라도 자기에게 맞지 않고 해로운 장소라면 절대로 가까이 가지 말라는 뜻.

♠ 의붓자식 다루듯 한다
☞ 뜻풀이 : 아무리 맘에 드는 짓을 하더라도 밉기만 한 의붓자식을 다루듯 사람을 자기 기분과 성질대로 멋대로 다룬다는 뜻.

♠ 의심 나는 사람은 쓰지 말고 쓰는 사람은 의심하지 말라
☞ 뜻풀이 : 신뢰가 가지 않는 사람은 아예 고용하지 말아야 하지만 일단 신뢰하여 고용한 사람이라면 믿고 절대 의심하지 말아야 한다는 뜻.

♠ 의원이 제 병 못 고치고 무당이 제 굿 못 한다
  ☞ 뜻풀이 : 자기에 관한 일을 자기가 직접 하기에는 어려운 일도 있다는 뜻.

♠ 익은 밥 먹고 선소리한다
  ☞ 뜻풀이 : 더운 밥을 먹고 실없이 말도 안 되는 소리를 한다는 말.

♠ 인생 만사가 꿈속이다
  ☞ 뜻풀이 : 사람이 산다는 것은 마치 꿈처럼 허상과도 같은 것이라는 뜻.

♠ 인생은 다만 백 년이다
  ☞ 뜻풀이 : 사람이 제아무리 오래 산다고 해도 기껏해야 백 년이므로 인생을 헛되이 허비해서는 안 된다는 뜻.

♠ 인생은 뿌리 없는 부평초다
  ☞ 뜻풀이 : 인간은 부평초처럼 뿌리 없이 정처없이 떠다니다가 결국은 죽게 된다는 뜻.

♠ 자랑 끝에 불붙는다
  ☞ 뜻풀이 : 좋은 일도 너무 지나치게 자랑을 하게 되면 그 뒤끝에 안 좋은 일이 있을 수도 있다는 뜻.

♠ 자루 빠진 도끼다
  ☞ 뜻풀이 : 자루 빠진 도끼는 아무 쓸모도 없듯이 제 구실을 하지 못하게 된 쓸모 없는 물건을 이르는 말.

♠ 자신을 아는 사람은 남을 원망하지 않는다

☞ 뜻풀이 : 어떤 일이든지 상대방의 입장을 자신의 입장으로 바꿔놓고 생각해 보면 상
대방을 이해할 수 있어 원망하지 않게 된다는 뜻.

♠ 작게 먹고 가는 똥 누랬다

☞ 뜻풀이 : 사람이 지나치게 욕심을 부리면 그 욕심만큼 화를 당하기 쉬우므로 돈에
너무 많은 욕심을 부리지 말고 절약하며 검소한 생활을 해야 한다는 뜻.

♠ 잘 그린다니까 뱀 발까지 그린다

☞ 뜻풀이 : 잘 한다고 계속 칭찬해 주니까 신이 나서 필요없는 일까지 하는 어리석은
사람을 이르는 말.

♠ 잘 뛰는 염소가 울타리에 뿔 걸린다

☞ 뜻풀이 : 어떤 일이든지 그 방면에 능숙한 사람일수록 자만하게 되기 쉬우므로 실수
도 가끔 있을 수 있다는 뜻.

♠ 잘못은 경솔하고 오만한 데서 온다

☞ 뜻풀이 : 대개 잘못은 경솔하고 오만한 데서 오므로 어떤 일이든 신중을 기해 행동
하고 조심해야 한다는 뜻.

♠ 잠은 잘수록 늘고 울음은 울수록 서러워진다

☞ 뜻풀이 : 잠은 잘수록 더 늘고 울음은 울수록 더 눈물이 많아지므로 사람이라면 잠
과 눈물을 스스로 어느 정도는 자제할 수 있어야 한다는 뜻.

♠ 장가가는 놈이 불알 떼어놓고 간다

☞ 뜻풀이 : 어떤 일을 하러 가는 사람이 어리석게도 정작 필요한 도구는 챙기지 않고 빠뜨리고 간다는 뜻.

♠ 장구 치는 놈 따로 있고 고개 까닥이는 놈 따로 있나?

☞ 뜻풀이 : 어떤 일을 혼자서도 충분히 할 수 있는 것을 가지고 옆사람을 부추겨서 함께 하자고 설득할 때 쓰는 말.

♠ 재물을 모으면 흩어 쓸 줄을 알아야 한다

☞ 뜻풀이 : 재물을 많이 모으게 되면 그 재물을 바람직하게 잘 쓸 줄도 알아야 한다는 뜻.

♠ 저 중 잘 뛴다니까 장삼 벗어 걸머지고 뛴다

☞ 뜻풀이 : 주위 사람들이 건성으로 한 칭찬에 신이 나서 헛수고를 거듭하는 어리석은 사람을 이르는 말.

♠ 전당 잡은 촛대요, 꾸어 온 보리쌀 자루다

☞ 뜻풀이 : 대인 관계가 원만치 못하여 다른 사람들과 잘 어울리지 못하고 늘 혼자서 소외되어 있는 사람을 이르는 말.

♠ 절에 가면 중 되고 싶고 마을에 가면 속인이 되고 싶다

☞ 뜻풀이 : 인간의 마음은 간사스러워서 상황에 따라서 늘 생각이 바뀌고 변덕스럽다는 뜻.

♠ 절에 가서 젓국 찾는다

☞ 뜻풀이 : 물건이 마땅히 있을 장소에 가서 찾지 않고 엉뚱한 곳에 가서 찾는 경우를 이르는 말.

♠ 절에 간 색시
☞ 뜻풀이 : 다른 사람이 시키는 대로만 따라 하는, 주변머리라고는 전혀 없는 어리석은 사람을 비꼬는 말.

♠ 절이 싫으면 중이 떠나야 한다
☞ 뜻풀이 : 어떤 곳이든 자기 마음에 들지 않으면 마음에 들지 않는 그 사람이 그 곳을 떠나야 한다는 뜻.

♠ 정 떨어지면 임도 떨어진다
☞ 뜻풀이 : 연인 사이에는 정이 매개이므로 일단 정이 없어지면 자연히 마음이 멀어져 서로가 이별을 고할 수밖에 없다는 뜻.

♠ 제 계집 잃고 이웃 친구 의심한다
☞ 뜻풀이 : 사람은 심리적으로 자기가 아끼던 물건을 잃게 되면 가까운 사람들까지도 의심하게 된다는 뜻.

♠ 제 낯에 침 뱉기다
☞ 뜻풀이 : 자신이 스스로 자기의 명예를 더럽히는 행동을 한다는 뜻.

♠ 제 논에 물 대기다
☞ 뜻풀이 : 어떤 일이고 간에 자기에게 유리한 쪽으로만 끌고 가려고 하는 이기적인 사람을 이르는 말.

♠ 제 똥 구리다는 놈 없다
☞ 뜻풀이 : 다른 사람의 허물은 인정하면서도 자신의 허물은 좀처럼 깨닫지 못한다는 뜻.

188

♠ 제를 제라고 하니 생원님보고 벗하자고 한다

☞ 뜻풀이 : 되어먹지 못한 어리석은 자를 조금 대접해 주었더니 그 배려심은 헤아리지 못하고 오히려 버릇없이 굴 때 이르는 말.

♠ 제 발등에 불이 떨어져 봐야 뜨거운 줄도 안다

☞ 뜻풀이 : 누구든지 자신이 직접 고생을 해봐야 고생하는 사람들의 어려운 심정이나 애로 사항을 비로소 이해할 수 있게 된다는 뜻.

♠ 제 배가 부르면 종 배고픈 줄을 모른다

☞ 뜻풀이 : 사람이란 자기가 직접 어려움과 시련을 겪어보지 않으면 남의 어려운 사정을 이해하지 못한다는 뜻.

♠ 제 얼굴 못나서 거울 깬다

☞ 뜻풀이 : 자기 자신이 저지른 허물에 대해서는 조금도 생각지 않고 죄 없는 다른 사람만 나무란다는 뜻.

♠ 제 얼굴엔 분 바르고 남의 얼굴엔 똥 바른다

☞ 뜻풀이 : 성공한 일은 모두 자기가 한 것처럼 그 공을 내세우면서 하찮고 실패한 일이나 남이 꺼려하고 흉보는 일은 모두 다른 사람이 한 것처럼 위장해서 책임을 회피하는 야비한 사람을 이르는 말.

♠ 제 절 부처는 제가 위하랬다

☞ 뜻풀이 : 자기에게 속하여 고생하고 있는 사람들은 자기가 직접 보살펴야 한다는 뜻.

♠ 조조는 웃다 망한다

☞ 뜻풀이 : 웃는 것은 좋지만 너무 웃음이 헤퍼 상황을 가리지 않고 웃으면 망신당하기 쉬우므로 상황을 봐가면서 웃어야 한다는 뜻.

♠ 족제비도 낯짝이 있고, 미꾸라지도 백통이 있고, 빈대도 콧등이 있다

☞ 뜻풀이 : 어떤 일에 체면 불구하고 대책 없이 덤벼드는 어리석은 사람을 이르는 말.

♠ 좁쌀 한 섬을 두고 흉년 들기를 기다린다

☞ 뜻풀이 : 별 볼일 없는 하찮은 것 하나 가지고 대단한 허세를 부리는 사람을 이르는 말.

♠ 종로에서 뺨 맞고 한강에 가서 눈 흘긴다

☞ 뜻풀이 : 억울한 일을 당한 사람이 그 자리에서는 상대방의 위세에 눌려 아무 말도 못하고 잠자코 당하고만 있다가 엉뚱한 곳에 가서 그 화풀이를 한다는 뜻.

♠ 종이 종을 부리면 식칼로 형문을 친다

☞ 뜻풀이 : 다른 사람들로부터 박대만 받아왔던 사람이 어쩌다가 남을 부릴 수 있는 입장이 되면 오히려 옛날 생각은 잊어버리고 아랫사람을 더욱 가혹하게 다스린다는 뜻.

♠ 좋아하면서도 그 나쁜 점은 알아야 하며 미워하면서도 그 좋은 점은 알아야 한다

☞ 뜻풀이 : 아무리 자기가 좋아하는 사람일지라도 그 사람의 결점은 알고서 좋아해야 하며 아무리 미워하는 사람이라도 그의 장점은 솔직히 인정할 줄 알아야 한다는 뜻.

♠ 좋은 말도 삼세번이다
☞ 뜻풀이 : 자기가 좋아하던 것이라고 하더라도 같은 것을 계속 반복하게 되면 결국은
　　　　　싫증이 나게 된다는 뜻.

♠ 좋은 일에는 남이요, 궂은 일에는 일가라
☞ 뜻풀이 : 자기에게 좋은 일이 생겼을 때에는 가까운 일가라도 찾아보지 않던 사람이
　　　　　자기에게 어려운 일이 닥치면 일가 친척을 찾아가 도움을 바란다는 뜻.

♠ 죄는 미워해도 사람은 미워하지 말라
☞ 뜻풀이 : 저지른 죄는 비록 밉지만 그 사람 자체를 미워해서는 안 된다는 뜻.

♠ 주먹은 가깝고 법은 멀다
☞ 뜻풀이 : 사람이 화가 치밀게 되면 법을 따지기에 앞서 이성을 잃고 폭력을 휘두르
　　　　　게 된다는 뜻.

♠ 주제에 수캐라고 다리 들고 오줌눈다
☞ 뜻풀이 : 자신의 위치와 처지를 파악하지 못하고 자존심만 살아 설쳐댄다는 뜻.

♠ 죽은 자식 나이 세기다
☞ 뜻풀이 : 이미 벌어져 돌이킬 수 없는 일은 아무리 후회해도 소용이 없다는 뜻.

♠ 죽음에는 빈부귀천이 없다
☞ 뜻풀이 : 가난한 사람이나 돈 많은 부유한 사람, 신분이 높은 사람이나 빈천한 사람
　　　　　할 것 없이 모든 사람은 죽음 앞에서 평등하다는 뜻.

♠ 중이 고기맛을 알면 법당에 파리가 안 남는다
   ☞ 뜻풀이 : 어떤 일에 일단 몰두하게 되어 다른 사람을 의식하지 않고 정신없이 그 일
            에 빠져드는 사람을 이르는 말.

♠ 중이 미우면 가사까지 밉다
   ☞ 뜻풀이 : 그 사람이 밉다 보면 그와 관련된 모든 것들이 밉게만 보인다는 뜻.

♠ 중이 제 머리 못 깎는다
   ☞ 뜻풀이 : 어떤 일은 자기 자신의 일인데도 자신이 직접 할 수 없는 일이 있다는 뜻.

♠ 지렁이도 밟으면 꿈틀거린다
   ☞ 뜻풀이 : 아무리 순하고 약한 사람이라도 계속 억압을 받게 되면 나중에는 더 이상
            참을 수 없어 항거를 한다는 뜻.

♠ 집에서 새는 쪽박, 들에서도 샌다
   ☞ 뜻풀이 : 집에서 말썽을 부리는 사람은 어디를 가나 나쁜 짓 하기는 마찬가지라는 뜻.

♠ 찰거머리 피 빨아먹듯 한다
   ☞ 뜻풀이 : 다른 사람에게 손해를 입히며 자기 실속만 차리는 악독한 사람을 이르는 말.

♠ 참외 장사 하다가 송아지 팔아먹는다
   ☞ 뜻풀이 : 먹는 음식 장사를 할 때는 가까운 사람이 왔다고 해서 인정으로 먹어보라
            고 선심을 쓰다가는 결국 본전도 못 찾게 된다는 뜻.

♠ 참외 장수는 사촌이 지나가도 못 본 척한다

☞ 뜻풀이 : 먹는 음식 장사를 하게 되면 이윤을 남기기 위해서 아는 사람에게도 어쩔
수 없이 야박하게 굴 수밖에 없다는 뜻.

♠ 책망은 몰래 하고 칭찬은 알게 하랬다

☞ 뜻풀이 : 사람을 책망할 때는 개인적으로 조용히 불러서 인격을 존중해 주면서 책망
해야 하고 칭찬할 때는 여러 사람들 앞에서 그 사람을 칭찬해 주어 사기를
높여 주어야 한다는 뜻.

♠ 처음이 나쁘면 끝도 나쁘다

☞ 뜻풀이 : 무슨 일이든지 처음부터 좋아야 한다는 말.

♠ 천둥이 잦으면 소나기가 내린다

☞ 뜻풀이 : 어떤 사건이 실제로 이루어지지 않았는데도 그 사건에 대한 소문이 자주
나면 소문대로 일이 발생한다는 뜻.

♠ 철나자 노망든다

☞ 뜻풀이 : 이제 겨우 철이 들어 사람 구실을 하려나 했더니 자신도 모르는 사이에 벌써
늙어버린 것처럼 우리의 인생은 어찌 보면 긴 듯해 보이지만 매우 짧다는 뜻.

♠ 체 장수 말 죽기 기다리듯 한다

☞ 뜻풀이 : 체 장수가 체의 재료로 쓰이는 말총을 얻기 위해 말이 죽기만을 기다리듯
이 남이야 어떻게 되든 상관없이 자신의 이익만 챙기려 한다는 뜻.

♠ 치고 보니 삼촌이라

☞ 뜻풀이 : 생각지도 않게 매우 엉뚱한 실례를 범하게 된 경우를 이르는 말.

♠ 칼 든 놈은 칼로 망한다

☞ 뜻풀이 : 폭력을 휘두르는 사람은 언젠가는 그 자신이 휘두른 폭력에 대한 대가를 되돌려 받게 된다는 뜻.

♠ 칼로 입은 상처는 나아도 입으로 입은 상처는 낫기 어렵다

☞ 뜻풀이 : 칼 때문에 몸에 난 상처는 시간이 지나면 아물기 마련이지만 말로 받은 자존심의 상처는 평생 지워지지 않는 것이므로 사람은 언제나 말을 조심해야 한다는 뜻.

♠ 코를 꿰었다

☞ 뜻풀이 : 상대방에게 자신의 약점을 잡혀 시키는 대로 따라서 할 수밖에 없는 입장이 되어버린 경우를 이르는 말.

♠ 코에 걸면 코걸이 귀에 걸면 귀걸이다

☞ 뜻풀이 : 코에 걸면 코걸이고 귀에 걸면 귀걸이가 되듯 어떤 일이 이렇게도 되고 저렇게도 될 수 있다고 우긴다는 뜻.

♠ 콩으로 메주를 쑨다 해도 곧이 안 듣는다

☞ 뜻풀이 : 평소에 신용을 너무 잃었기 때문에 어떤 말을 해도 신뢰할 수 없다는 뜻.

♠ 콩이야 팥이야 한다

☞ 뜻풀이 : 별 차이가 없는 것을 가지고 다르다고 따지거나 시시비비를 가린다는 뜻.

♠ 콩죽은 내가 먹고 배는 남이 앓는다

☞ 뜻풀이 : 자기가 잘못을 했는데, 그 잘못에 대한 벌은 다른 사람이 받았음을 이르는 말.

♠ 큰 거짓말은 해도 작은 거짓말은 말라

☞ 뜻풀이 : 사소한 거짓말을 자주 하게 되면 사람이 실없게 되고 신용을 잃게 되지만 대의를 담은 큰 거짓말은 형세에 따라 융통성 있게 하기도 해야 한다는 뜻.

♠ 탐관의 밑은 안방 같고, 염관의 밑은 송곳 같다

☞ 뜻풀이 : 부패한 관리는 뇌물을 너무 많이 받아 살이 찌고 청렴한 관리는 너무 청빈 하여 생활이 몹시 궁핍하다는 뜻.

♠ 털어서 먼지 안 나는 사람 없다

☞ 뜻풀이 : 아무리 인품 좋은 사람이더라도 한두 가지 정도의 흠은 반드시 있게 마련 이라는 뜻.

♠ 파리도 여윈 말에 더 덤빈다

☞ 뜻풀이 : 불량한 사람들이 부정부패한 곳을 서식처로 삼아 꾸역꾸역 더 모여든다는 뜻.

♠ 팔은 안으로 굽는다

☞ 뜻풀이 : 사람이면 누구든지 모르는 사람이나 친하지 않은 사람보다 자기와 친분 관 계가 있는 사람의 편을 들게 된다는 뜻.

♠ 하늘도 알고 땅도 안다

☞ 뜻풀이 : 아무도 모르게 일을 비밀리에 처리한다고 해도 하늘이 내려다보고 땅이 알 므로 양심의 가책을 느낄 만한 나쁜 짓을 해서는 안 된다는 뜻.

♠ 하늘 복 침 뱉기

☞ 뜻풀이 : 하늘을 향해 침을 뱉으면 어차피 자신의 얼굴에 떨어지게 되듯이 자기 스스로 자기에게 욕되는 일을 하게 된다는 뜻.

♠ 한 마리 개가 짖으면 온 동네 개가 다 짖는다

☞ 뜻풀이 : 한 마리 개가 짖어대면 다른 개들도 영문을 모르면서 따라 짖게 되듯이 한 사람의 언행이 여러 사람들에게 영향을 미치게 된다는 말로 사람은 모름지기 말과 행동을 조심해야 한다는 뜻.

♠ 한 말은 사흘 가고 들은 말은 삼 년 간다

☞ 뜻풀이 : 장난 삼아 상대방의 허물을 들어 무심코 한 말이라도 들은 사람 마음에는 한이 맺혀 오랫동안 잊혀지지 않을 경우가 있으므로 특히 남의 귀에 거슬리는 말은 함부로 해서는 안 된다고 경계하는 뜻.

♠ 한 번 가도 화냥, 두 번 가도 화냥

☞ 뜻풀이 : 많은 사람들에게 안 좋게 인식될 잘못을 저지르고 나면 낙인을 씻을 수가 없다는 말로 한 번 잘못을 저지르나 두 번 잘못을 저지르나 잘못하기는 마찬가지라는 뜻.

♠ 한 번 엎지른 물은 다시 주워 담지 못한다

☞ 뜻풀이 : 한 번 저질러버린 일은 없었던 것처럼 처음으로 되돌릴 수 없기 때문에 항상 실수 없게 성의껏 일을 처리해야 한다는 뜻.

♠ 할퀴려는 짐승은 발톱을 감춘다

☞ 뜻풀이 : 누군가를 해치려는 속셈을 마음속에 지니고 있는 사람은 그 마음을 드러내
지 않고 오히려 자기의 속마음을 감추고 있다는 뜻.

♠ 허벅지만 봐도 뭣 봤다고 한다

☞ 뜻풀이 : 소문은 항상 입에서 입으로 전해지면서 사실보다 더 과장되게 퍼져 나가게
마련이라는 뜻.

♠ 허울 좋은 과부가 밤 마을 다닌다

☞ 뜻풀이 : 여러 사람이 보는 앞에서 얌전하고 정직한 척하는 사람이 오히려 사람이
눈에 띄지 않는 곳에서는 안 좋은 행실을 더 많이 하고 다닌다는 뜻.

♠ 헌 분지 깨고 새 요강 물어준다

☞ 뜻풀이 : 사소한 실수로 인해 큰 손해를 보게 되는 어리석은 경우를 이르는 말.

♠ 헌 신짝 버리듯 한다

☞ 뜻풀이 : 필요할 때 부려먹다가 필요 없게 되자 마음에 양심의 가책도 전혀 느끼지
않고 아주 매몰차게 버린다는 뜻.

♠ 홀아비 사정 보다가 과부 아이 밴다

☞ 뜻풀이 : 너무 마음이 약한 나머지 다른 사람의 딱한 사정을 다 들어주다가는 오히
려 자기의 신세를 망치게 될 수도 있다는 뜻.

♠ 홍길동이 합천 해인사 털어먹듯 한다

☞ 뜻풀이 : 자기는 전혀 수고도 하지 않고 남이 이루어 놓은 것을 모조리 휩쓸어 가는 경우를 이르는 말.

♠ 화장실에 들어갈 때 마음 다르고 나올 때 마음 다르다

☞ 뜻풀이 : 자신에게 필요할 때는 다급하게 굴다가 자신의 용무가 끝나고 나면 마음이 돌변하여 냉정해진다는 뜻.

인생을 밝히는 잡설   제7부

인생을 밝히는 잡설

♠ 가난 구제는 나라도 못 한다
☞ 뜻풀이 : 가난한 사람을 구제하는 일은 아무리 애를 써도 한이 없으므로 매우 어려
우며 아무나 할 수 있는 일이 아니라는 뜻.

♠ 가난뱅이 조상 안 둔 부자 없고, 부자 조상 안 둔 가난
뱅이 없다
☞ 뜻풀이 : 가난한 사람도 부자가 될 수 있고 부자도 가난해질 수 있다는 뜻.

♠ 가난하면 마음에 도둑이 든다
☞ 뜻풀이 : 가난하면 옳지 못한 생각이 싹트게 되고 다른 사람의 것을 탐하게 된다는 뜻.

♠ 가난하면 찾아오는 벗도 없다
☞뜻풀이 : 가난해지거나 처지가 어려워지면 절친한 친구라도 사이가 멀어지기 쉽다는 뜻.

♠ 가난하면 친척도 멀어진다

☞ 뜻풀이 : 아무리 가까운 일가 친척 사이일지라도 경제적으로 차이가 나면 사이가 멀어진다는 뜻.

♠ 같은 값이면 다홍치마

☞ 뜻풀이 : 같은 값이라면 그 중에서도 좀더 좋은 것을 고른다는 뜻.

♠ 개구리가 울면 비가 온다

☞ 뜻풀이 : 개구리 울음 소리를 듣고 비가 올 것을 미리 예견할 수 있다는 뜻.

♠ 개 눈에는 똥만 보인다

☞ 뜻풀이 : 좋아하는 것에만 혈안이 되어 오로지 자신이 좋아하는 것만 생각하고 집착한다는 뜻.

♠ 개똥도 약에 쓸려면 없다

☞ 뜻풀이 : 평소에 흔히 구할 수 있던 물건도 막상 쓰려고 하면 구하기가 매우 어렵다는 뜻.

♠ 계집 마다할 사내놈 없고, 돈 마다하는 사람 없다

☞ 뜻풀이 : 여자를 싫어하는 남자 없고, 돈을 싫어하는 사람 없다는 뜻.

♠ 고기는 씹어야 맛이고 말은 해야 맛이다

☞ 뜻풀이 : 하고 싶은 말이 있으면 가슴속으로만 끙끙거리지 말고 거리낌없이 해야 된다는 뜻.

♠ 고양이가 쥐 생각한다

☞ 뜻풀이 : 서로 사이가 좋지 못해 결코 걱정해 줄 처지가 못 됨을 비꼬아 이르는 말.

♠ 고운 사람 미운 데 없고 미운 사람 고운 데 없다

☞ 뜻풀이 : 처음부터 좋은 인상을 받은 사람은 하는 행동마다 좋게 보이고, 나쁘게 보이면 하는 행동마다 안 좋게 보인다는 뜻.

♠ 공짜라면 양잿물도 마신다

☞ 뜻풀이 : 거저 주는 것이라면 양잿물이라도 마실 만큼 공짜를 지나치게 좋아한다는 뜻.

♠ 과부 사정은 홀아비가 안다

☞ 뜻풀이 : 처해 있는 처지가 비슷한 사람들끼리 서로의 사정을 더 잘 알며 서로의 심중을 헤아려 줄 수 있다는 뜻.

♠ 광에서 인심 난다

☞ 뜻풀이 : 자신이 넉넉해야 남을 도와줄 여유도 있다는 뜻.

♠ 귀머거리 삼 년이요, 벙어리 삼 년이라

☞ 뜻풀이 : 옛날 시집 온 여자는 모든 일에 함부로 나서지 말고 알아도 모른 체, 듣고도 못 들은 체, 보고도 못 본 체하라는 말로 그만큼 시집살이가 매우 고달프다는 뜻.

♠ 그림의 떡

☞ 뜻풀이 : 그림 속의 떡은 먹을 수 없듯이 아무리 탐낸다고 해도 차지하거나 사용할 수 없다는 뜻.

♠ 글 속에 글 있고, 말 속에 말이 있다

☞ 뜻풀이 : 말이나 글이 가지고 있는 뜻은 무궁무진하며 그 말을 해석하기도 무궁무진하다는 뜻.

♠ 금강산도 식후경이다

☞ 뜻풀이 : 좋은 구경거리가 있다고 해도 우선 배가 고프면 아무 것도 눈에 들어오지 않는다는 뜻.

♠ 기러기가 가면 제비가 온다

☞ 뜻풀이 : 새가 계절에 따라 서식지를 옮겨 다니듯 가는 사람이 있으면 오는 사람이 있기 마련이라는 뜻.

♠ 기생오라비 같다

☞ 뜻풀이 : 속은 텅 빈 백수 건달처럼 겉모습만 번지르르하게 하고 다니는 남자를 이르는 말.

♠ 까마귀도 고향 까마귀는 반갑다

☞ 뜻풀이 : 아무리 하찮은 것이라 하더라도 자기 고향 것은 반갑고 낯설지 않게 여겨진다는 뜻.

♠ 꽃도 시들면 오던 나비도 아니 온다

☞ 뜻풀이 : 당당하던 가문도 몰락하면 찾아오던 사람마저 발길을 끊는다는 뜻.

♠ 꿩 대신 닭

☞ 뜻풀이 : 어떤 것을 찾아도 없거나 어떤 일에 거절당할 때 그와 비슷한 것으로 대체한다는 뜻.

♠ 나이 이길 장사 없다

☞ 뜻풀이 : 젊었을 때 힘이 좋고 기력이 왕성하던 사람이라고 하더라도 나이를 먹는 것은 막을 수 없어 노쇠하면 어쩔 수 없이 기력과 힘이 약해진다는 뜻.

♠ 나이 적은 할아버지는 있어도 나이 적은 형은 없다

☞ 뜻풀이 : 촌수로 따져서 나이 어린 할아버지는 있을 수 있지만 형제는 나이순으로 태어나므로 나이 적은 형은 있을 수 없다는 뜻.

♠ 나중에 보자는 놈 치고 무서운 놈 없다

☞ 뜻풀이 : 화가 났을 때 화풀이를 못하고 벼르기만 하는 사람은 나중에 가서도 무섭지 않다는 뜻.

♠ 낙동강 오리알 신세다

☞ 뜻풀이 : 멀리 타지에 떨어져 외로운 신세가 되었음을 이르는 말.

♠ 남산골 딸깍발이다

☞ 뜻풀이 : 옛날 가난한 선비들이 모여 살던 남산골에서 비가 오지 않은 데도 달리 신을 신이 없어 평소에도 비올 때 신는 나막신을 신고 딸깍 소리를 내며 다니듯이 몹시 궁색한 차림새를 하고 다니는 사람을 이르는 말.

♠ 남편 밥은 누워 먹고 아들 밥은 앉아 먹고 딸의 밥은 서서 먹는다

☞ 뜻풀이 : 여자가 남편에게 의지해서 살면 당연한 마음으로 살지만 아들에게 의지해서 살면 부담스럽게 되고 딸에게 의지해서 살면 밥도 편히 먹지 못할 정도로 눈치를 보게 된다는 뜻.

♠ 남편은 두레박이요 아내는 항아리라

☞ 뜻풀이 : 남편은 밖에서 돈을 계속 벌어와야 하고 아내는 남편이 벌어온 돈을 알뜰히 모아야 한다는 뜻.

♠ 내 발등의 불을 꺼야 남의 발등의 불을 끈다
☞ 뜻풀이 : 사람이 급할 때는 자기가 아무리 위하는 사람이 어려운 일을 당하고 있더라도 자기의 일을 가장 먼저 한다는 뜻.

♠ 낮에 나서 밤에 자란 놈 같다
☞ 뜻풀이 : 항상 한심하고 엉뚱한 짓만 저지르고 다니는 어리석은 사람을 이르는 말.

♠ 낮도깨비 같다
☞ 뜻풀이 : 어두운 밤에나 나돌아다니는 도깨비가 염치없이 낮에 나돌아다니는 것처럼 낯가죽이 두껍고 하는 짓이 엉뚱하고 무지한 사람을 이르는 말.

♠ 낯가죽이 두껍다
☞ 뜻풀이 : 창피해 하거나 부끄러워 할 줄을 모를 만큼 염치가 없고 뻔뻔스러운 사람을 이르는 말.

♠ 내사 중이 되니 고기가 천하다
☞ 뜻풀이 : 아무리 귀하고 값비싼 것일지라도 자기에게 불필요하게 되면 아무 쓸모도 없다는 뜻.

♠ 내일은 서쪽에서 해가 뜨겠다
☞ 뜻풀이 : 전혀 예상치도 않았던 놀랄 만한 일이 일어난 경우를 이르는 말.

♠ 내 칼도 남의 칼집에 들면 찾기가 어렵다
☞ 뜻풀이 : 원래 자기에게 속해 있던 물건이라도 한번 다른 사람의 손에 들어가게 되면 다시 되찾기 어렵다는 뜻.

♠ 내 코가 석자다

☞ 뜻풀이 : 자기에게 주어진 일도 처리하기에 급급하여 다른 사람에게 도움을 줄 처지
가 못 된다는 뜻.

♠ 너구리굴에서 여우 잡는다

☞ 뜻풀이 : 예상했던 것보다 의외로 실제가 더 크고 알찬 경우를 이르는 말.

♠ 노병엔 약도 없다

☞ 뜻풀이 : 나이가 들어 생기는 노인병에는 이미 신체가 허약해진 터라 약도 제대로
쓸 수 없다는 뜻.

♠ 노여움은 사랑에서 나고 꾸지람은 정에서 난다

☞ 뜻풀이 : 그 사람에 대한 관심이 있기 때문에 노여움도 생기는 것이고 그 사람에 대
한 정이 있기 때문에 꾸지람도 하는 것이라는 뜻.

♠ 노처녀가 시집가기 싫어서 안 가나

☞ 뜻풀이 : 노처녀가 시집이 가기 싫어서 안 가는 게 아니라 짝이 없어 못 가는 것처럼
어떤 일을 안 한다는 것이 아니라 못 하는 것이라는 뜻.

♠ 농담 속에 진담 있다

☞ 뜻풀이 : 농담으로 한 말처럼 들릴지라도 그 말 속에는 진담이 들어 있다는 뜻.

♠ 누워서 떡 먹기

☞ 뜻풀이 : 매우 간단하고 쉬운 일이라는 뜻.

♠ 누이 좋고 매부 좋다
☞ 뜻풀이 : 어떤 일이 양자가 서로 좋은 결과를 가져다주는 일이라는 뜻.

♠ 눈 안의 가시 같은 놈이다
☞ 뜻풀이 : 눈 안의 가시처럼 자기에게 거슬리는 사람을 이르는 말.

♠ 눈 어둡다더니 다홍고추만 잘 딴다
☞ 뜻풀이 : 다른 사람의 일을 하라고 하면 핑계를 대고 안 하던 사람이 자기에게 이득
이 되는 일이라면 적극적으로 나서서 한다는 뜻.

♠ 눈에 넣어도 아프지 않겠다
☞ 뜻풀이 : 눈에 넣어도 아프지 않을 정도로 매우 귀엽고 사랑스럽다는 뜻.

♠ 눈에 쌍심지를 켜다
☞ 뜻풀이 : 매우 흥분했거나 어떤 일을 기어코 찾아내려고 몹시 애를 쓰는 모습을 이
르는 말.

♠ 눈에 콩깍지가 씌었다
☞ 뜻풀이 : 어떤 것에 현혹되어 사물을 객관적으로 보지 못한다는 뜻.

♠ 눈이 빠지게 기다리다
☞ 뜻풀이 : 무언가를 몹시 기다린다는 뜻.

♠ 눈코 뜰 새 없다
☞ 뜻풀이 : 정신을 차릴 수 없을 정도로 매우 바쁘다는 뜻.

♠ 눈 허리가 시어서 못 보겠다
☞ 뜻풀이 : 말하는 모습이나 행동이 너무 아니꼽고 밉살스러워 보기 싫다는 뜻.

♠ 다람쥐 쳇바퀴 돌 듯 한다
☞ 뜻풀이 : 변함없는 일상 속에서 따분하게 하던 일만 계속 반복하는 생활을 한다는 뜻.

♠ 닭 소 보듯, 소 닭 보듯
☞ 뜻풀이 : 서로 무관심하여 마주 보고도 모르는 체한다거나 속으로는 마땅치 않으나
말은 못 하고 노려보기만 한다는 뜻.

♠ 닭 잡아먹고 오리 발 내놓는다
☞ 뜻풀이 : 자기가 저지른 잘못을 억지를 부려가며 은폐하려고 한다는 뜻.

♠ 닭 쫓던 개 지붕 쳐다보듯 한다
☞ 뜻풀이 : 최선을 다해 진행했던 일이 허사로 돌아가게 되어 매우 부끄럽고 민망해
하는 경우를 이르는 말.

♠ 담력은 커야 하고 마음은 세심해야 한다
☞ 뜻풀이 : 사람은 담도 커야 하지만 세심한 면도 갖추고 있어야 매사를 원만하게 처
리할 수 있다는 뜻.

♠ 담은 게으른 놈이 쌓아야 하고 방아는 미친 년이 찧어야 한다
☞ 뜻풀이 : 성급하게 쌓은 담은 무너지기 쉬우므로 게으른 사람을 시켜 천천히 쌓아야
하고 방아는 미쳐서 날뛰는 사람이 찧어야 잘 찧듯이 일을 시킬 때에는 그
일에 합당한 사람을 시켜야 능률적이라는 뜻.

♠ 당나귀가 늙으면 꾀만 남는다
☞ 뜻풀이 : 어리석은 사람은 늙어서도 요령이 많아지고 잔꾀만 부리게 된다는 뜻.

♠ 대가리에 피도 마르지 않았다
☞ 뜻풀이 : 아직 나이 어리고 철이 다 들지 않았다는 뜻.

♠ 대감 당나귀 죽은 데는 가도 대감 죽은 데는 안 간다
☞ 뜻풀이 : 대감집 당나귀가 죽으면 대감에게 잘 보이기 위해 사람들이 조문을 가더라 도 대감이 죽으면 조문을 안 간다는 말로 세상 인심은 야박하여 저마다 자 기의 이해 관계에 의해서 좌우된다는 뜻.

♠ 대(大)를 살리고 소(小)를 죽인다
☞ 뜻풀이 : 어쩔 수 없는 경우에는 더 중요하고 큰 일을 위해 사소한 것들을 희생시킬 수 있다는 뜻.

♠ 대장장이 집에 식칼이 없다
☞ 뜻풀이 : 쇠를 다루는 대장장이의 집에 당연히 있어야 할 것 같은 식칼이 없듯이 물 건이 꼭 있어야 할 자리에 오히려 없는 경우가 많다는 뜻.

♠ 대추나무에 연 걸리듯 한다
☞ 뜻풀이 : 가지가 많은 대추나무에 연이 잘 걸리듯 여러 사람에게 많은 신세를 진 경 우를 이르는 말.

♠ 더도 말고 덜도 말고 한가위만 같아라
☞ 뜻풀이 : 팔월 추석은 날씨도 적당하고 수확 철이라 먹을 것이 풍성하므로 항상 이 시기와 같았으면 좋겠다는 뜻.

♠ 더워서 못 먹고 식어서 못 먹고
☞ 뜻풀이 : 여러 구실과 조건을 대면서 망설이며 주저하여 결국엔 아무 것도 못 하게 된다는 뜻.

♠ 도깨비 감투
☞ 뜻풀이 : 머리에 쓰면 자기의 몸이 눈에 보이지 않게 된다는 상상의 감투로 무엇이 무엇인지 그 속내를 도저히 알 수 없다는 뜻.

♠ 도둑놈도 제 집 문단속은 한다
☞ 뜻풀이 : 다른 사람의 물건을 훔치는 도둑이 더욱 남을 의심하고 경계하며 조심한다는 뜻.

♠ 도둑놈 예쁜 데 없고 정든 사람 미운 데 없다
☞ 뜻풀이 : 나쁘게 인식된 사람은 좋은 행동을 해도 밉게 보이고 좋게 인식된 사람은 아무리 미운 짓을 해도 예쁘게 보인다는 뜻.

♠ 도둑놈이 개 꾸짖듯 한다
☞ 뜻풀이 : 도둑놈이 물건을 훔치러 들어간 집의 개가 짖으면 주인이 깰까봐 기어 들어가는 목소리로 꾸짖듯이 떳떳하게 말하지 못하고 조심스럽게 눈치보며 말하는 것을 이르는 말.

♠ 도둑질도 손발이 맞아야 한다
☞ 뜻풀이 : 어떤 일을 할 때 서로 의견이 맞지 않으면 함께 하기 어렵다는 뜻.

♠ 도랑 치고 가재 잡는다
☞ 뜻풀이 : 도랑을 쳐 놓고는 가재를 잡을 수 없듯이 일의 순서가 잘못됨을 이르는 말. 혹은 한 번의 노력으로 두 가지 소득을 본다는 말.

♠ 도마 위에 오르다
☞ 뜻풀이 : 어떤 사람이나 사물이 비판의 대상이 되어 사람의 입에 오르내리게 되었다는 뜻.

♠ 도살장으로 끌려가는 소 걸음
☞ 뜻풀이 : 강요에 의해 마지못해 억지로 하는 행동을 이르는 말.

♠ 독불 장군
☞ 뜻풀이 : 무슨 일이든지 자기 혼자서 처리하는 사람을 이르는 말.

♠ 독 안에 든 쥐
☞ 뜻풀이 : 아무리 애를 써도 사방이 모두 가로막혀 도망갈 방도가 전혀 없게 된 상황을 이르는 말.

♠ 돈만 있으면 가는 곳마다 상전 노릇한다
☞ 뜻풀이 : 돈이 많이 있는 사람은 어디를 가든지 큰소리 치고 후한 대접을 받을 수 있을 정도로 돈의 위력은 크다는 뜻.

♠ 돈은 앉아 주고 서서 받는다
☞ 뜻풀이 : 양심 없는 사람에게 돈을 한번 빌려주게 되면 빌려줄 때는 갖은 사정을 다 해가며 빌려가지만 돈을 갚으라고 하면 외면하기 쉽다는 뜻.

♠ 돈이 돈을 번다
☞ 뜻풀이 : 돈이 많으면 그 많은 돈으로 더 큰 이익을 남길 수 있다는 뜻.

♠ 돈이 있으면 겁이 나고, 돈이 없으면 근심이 생긴다
☞ 뜻풀이 : 돈이 너무 많으면 도난 당할까봐 걱정하게 되고 돈이 너무 없으면 생계가 어려워 근심하게 된다는 뜻.

♠ 돌로 치거든 돌로 치고 떡으로 치거든 떡으로 쳐라
☞ 뜻풀이 : 상대방이 나에게 덕으로 베풀면 자신도 그에게 덕으로 행하라는 뜻.

♠ 동냥아치 쪽박 깨진 셈
☞ 뜻풀이 : 생계 유지에 꼭 필요한 기술이나 연장이 못 쓰게 된 경우를 이르는 말.

♠ 동네 개가 싸워도 편들어 준다
☞ 뜻풀이 : 무슨 일이든지 모르는 사람보다는 가까운 사람의 역성을 들어주기 마련이라는 뜻.

♠ 동동 팔월
☞ 뜻풀이 : 8월은 분주한 가운데 언제 지나갔는지도 모를 정도로 빠르게 지나가버린다는 뜻.

♠ 동에 번쩍 서에 번쩍
☞ 뜻풀이 : 종적을 잡을 수 없을 만큼 정처 없이 떠돌아다니며 이곳저곳에 나타났다가 사라진다는 뜻.

♠ 돼지 멱 따는 소리
☞ 뜻풀이 : 아주 듣기 싫을 정도로 크게 꽥꽥 지르는 목소리를 이르는 말.

♠ 돼지 목에 진주
☞ 뜻풀이 : 보석의 가치를 알지 못하는 사람에게는 보석도 아무 소용이 없다는 뜻.

♠ 된서리 맞다
☞ 뜻풀이 : 모진 어려움을 겪는다는 뜻.

♠ 두말하면 잔소리
☞ 뜻풀이 : 더 물어 볼 필요가 없을 정도로 당연하거나 분명한 일이라는 뜻.

♠ 두 손뼉이 맞아야 소리가 난다
☞ 뜻풀이 : 무엇이든지 서로 마음이 맞고 조화가 되어야 성사될 수 있다는 뜻.

♠ 둘이 먹다가 하나가 죽어도 모르겠다
☞ 뜻풀이 : 그만큼 음식의 맛이 아주 좋다는 뜻.

♠ 뒤웅박 팔자
☞ 뜻풀이 : 한번 신세를 망치면 다시 회복하기가 어렵다는 뜻으로 주로 여자의 팔자는 어떤 남편을 얻느냐에 달려 있다는 뜻.

♠ 뒷간이 깨끗하면 들어왔던 도둑도 그냥 나간다
☞ 뜻풀이 : 살림이 잘 정돈되어 있는 집은 귀중품도 잘 간수되어 있기 때문에 도둑도 들어왔다가 가져 갈 것이 없는 줄 알고 그냥 나간다는 뜻.

♠ 드는 정은 몰라도 나는 정은 안다

☞ 뜻풀이 : 같이 있을 때는 정이 드는 줄도 몰랐다가 막상 서로 헤어지게 되면 그 정이
얼마나 두터웠는지 깨닫게 된다는 뜻.

♠ 든 거지 난 부자

☞ 뜻풀이 : 가진 것이 없으면서도 다른 사람의 눈을 의식하여 부자처럼 보이려 하는
사람을 이르는 말.

♠ 듣기 좋은 꽃노래도 한두 번이다

☞ 뜻풀이 : 아무리 듣기 좋은 말도 계속 반복해서 듣게 되면 싫증이 난다는 뜻.

♠ 등잔 밑이 어둡다

☞ 뜻풀이 : 다른 사람의 일은 잘 알 수 있으나 정작 자기의 일은 자신이 알지 못한다는 뜻.

♠ 땅 짚고 헤엄치기

☞ 뜻풀이 : 처리하기 아주 쉬운 일이나 틀림이 없고 의심할 여지가 없는 일이라는 뜻.

♠ 때리는 시어미보다 말리는 시누이가 더 밉다

☞ 뜻풀이 : 자신을 직접 괴롭히는 사람보다 겉으로는 자기를 위해 주는 체하면서 속으
로는 해하거나 헐뜯는 사람이 더 밉다는 뜻.

♠ 떡 주무르듯 한다

☞ 뜻풀이 : 자기가 하고 싶은 대로 마음대로 다룬다는 뜻.

♠ 떡 줄 사람은 꿈도 안 꾸는데 김칫국부터 마신다

☞ 뜻풀이 : 해 줄 사람은 전혀 생각도 하지 않고 있는데 자기가 지레 짐작하여 미리 바라거나, 일은 아직 시작도 안 했는데 일이 벌써 다 된 것처럼 행동하는 사람을 이르는 말.

♠ 똥이 무서워서 피하나 더러워서 피하지

☞ 뜻풀이 : 악한 사람에게 맞서 대항하지 않는 것은 자신이 비겁해서가 아니고 상대할 대상이 못 되기 때문이라고 자부하는 뜻으로 행실이 좋지 않은 사람과 맞서 싸우는 것보다 차라리 피하는 것이 낫다는 뜻.

♠ 똥줄 빠지다

☞ 뜻풀이 : 혼쭐이 나서 황급히 달아난다는 뜻.

♠ 뚝배기보다 장맛이다

☞ 뜻풀이 : 겉모습은 초라해 보일지 모르나 그 사람의 성격이나 품성은 좋다는 뜻.

♠ 마누라가 귀여우면 처가집 쇠말뚝 보고도 절한다

☞ 뜻풀이 : 아내가 너무 사랑스러우면 아내와 관련된 것들도 모두 감사하게 여겨지고 사랑스럽게 보인다는 뜻.

♠ 마누라 자랑은 말아도 병 자랑은 하랬다

☞ 뜻풀이 : 자기 아내 자랑을 하는 것은 못난 사람이 하는 것이라지만 병은 여러 사람에게 알려야 그 처방법을 금방 알아내서 고칠 수 있게 된다는 뜻.

♠ 마른 논에 물 대기

☞ 뜻풀이 : 마른 논에 물을 대려면 엄청난 양의 물이 필요하듯이 어떤 일에 자본이 매우 많이 필요하다는 뜻.

♠ 막다른 골목에 든 쥐가 고양이를 문다

☞ 뜻풀이 : 최악의 경우에 다다르게 되면 발악적인 행동으로 분별없이 행동한다는 뜻.

♠ 막대 잃은 장님

☞ 뜻풀이 : 의지할 곳을 잃어 오도 가도 못하고 꼼짝못하게 된 처지를 이르는 말.

♠ 만나자 이별

☞ 뜻풀이 : 서로 정들자마자 곧 헤어지게 되는 인연을 이르는 말.

♠ 말똥에 굴러도 이승이 좋다

☞ 뜻풀이 : 아무리 고생스럽게 산다고 해도 죽어서 저승 가는 것보다는 이승에 사는 것이 낫다는 뜻.

♠ 말 많은 잔치가 먹을 것 없다

☞ 뜻풀이 : 소문이 요란한 것치고 실제로 실속 있는 것은 별로 없다는 뜻.

♠ 말은 보태고 떡은 뗀다

☞ 뜻풀이 : 말은 전해 갈수록 더 보태어지고 떡은 돌아가는 동안 조금씩 없어진다는 뜻.

♠ 말이 씨가 된다

☞ 뜻풀이 : 어떤 일을 입 밖으로 자주 내다보면 그 말이 현실로 이루어지는 경우가 많으므로 함부로 경망스런 말을 하는 것은 주의하여야 한다는 뜻.

♠ 말하면 백 냥 금이요, 입 다물면 천 냥 금이라

☞ 뜻풀이 : 쓸데없는 말을 하는 것보다 차라리 아무 말도 하지 않는 것이 더 나은 경우
도 있으므로 불필요한 말은 될수록 삼가라는 뜻.

♠ 맑은 거울은 먼지와 때를 감추지 않는다

☞ 뜻풀이 : 마음이 거짓 없이 깨끗한 사람은 아주 작은 허물일지라도 용납하지 않는다는 뜻.

♠ 맛은 소금이 낸다

☞ 뜻풀이 : 고급 음식이라 할지라도 소금으로 간을 하지 않으면 음식의 맛이 없듯이
하잘 것 없다 했던 것이 소금처럼 오히려 중요한 역할을 한다는 뜻.

♠ 맛 좋은 준치는 가시가 많다

☞ 뜻풀이 : 맛있는 생선일수록 가시가 많은 것처럼 좋은 일일수록 방해가 되는 일이
많다는 뜻.

♠ 맞기 싫은 매는 맞아도 먹기 싫은 음식은 못 먹는다

☞ 뜻풀이 : 매는 맞기 싫어도 억지로 맞을 수밖에 없지만 맛있는 음식은 자기가 먹기
싫으면 먹을 수 없는 것으로, 강요에 의한 일은 억지로라도 해야 하지만 아
무리 좋은 일도 자기가 하기 싫으면 할 수 없다는 뜻.

♠ 매도 같이 맞으면 낫다

☞ 뜻풀이 : 힘들고 고통스러운 일이라도 함께 겪으면 서로가 힘이 되어 마음의 위로를
받을 수 있다는 뜻.

♠ 매도 먼저 맞는 놈이 낫다
☞ 뜻풀이 : 어차피 당해야 할 일이라면 다른 사람보다 먼저 당하는 것이 오히려 마음이 편하다는 뜻.

♠ 매 위에 장사 없다
☞ 뜻풀이 : 매로 맞는 데는 아무리 몸집이 좋은 사람도 견디기 어렵다는 뜻.

♠ 머리에 피도 안 말랐다
☞ 뜻풀이 : 나이에 어울리지 않게 어른스럽게 행동하거나 버릇없이 행동하는 사람을 이르는 말.

♠ 먹기 싫은 음식은 개나 주지, 사람 싫은 것은 백 년 원수
☞ 뜻풀이 : 싫어하는 사람과 같이 지내는 것은 매우 견디기 어려운 일이라는 뜻.

♠ 먼 일가보다 가까운 이웃이 낫다
☞ 뜻풀이 : 먼 곳에 있어서 서로 왕래가 별로 없는 친척보다는 서로 만나기 쉽고 도움을 주고받을 수 있는 이웃이 낫다는 뜻.

♠ 멍군 장군
☞ 뜻풀이 : 양쪽 모두 비슷한 수준을 가지고 있어 서로의 옳고 그름을 가려내기가 힘들다는 뜻.

♠ 명함도 못 들이다
☞ 뜻풀이 : 수준 차이가 매우 심하여 감히 비교할 수 없다는 뜻.

♠ 모기 소리만하다
☞ 뜻풀이 : 너무 목소리가 작아서 알아듣기 힘들다는 뜻.

♠ 모르면 약이요, 아는 것이 병
☞ 뜻풀이 : 경우에 따라서는 처한 상황에 대해서 전혀 모르는 것이 도리어 마음이 편
하며 좀 알고 있으면 걱정거리만 된다는 뜻.

♠ 목구멍의 때를 벗긴다
☞ 뜻풀이 : 좋은 음식을 오랜만에 거하게 먹는다는 뜻.

♠ 목구멍이 포도청
☞ 뜻풀이 : 생계 유지가 힘들어 먹을 양식조차 해결하기 힘들기 때문에 무슨 일이든지
가리지 않고 해야 한다는 뜻.

♠ 무소식이 희소식이다
☞ 뜻풀이 : 안 좋은 일이 있으면 기별을 해올 것이므로 아무 소식이 없는 것은 상대방
에게 아무 탈이 없다는 뜻이므로 기쁜 소식이나 진배없다는 뜻.

♠ 무자식 상팔자
☞ 뜻풀이 : 자식이 있으면 자식을 먹여 살리기 위해 고생을 해야 하지만 자식이 없으
면 그런 큰 고생을 면할 수 있다는 뜻.

♠ 문지방이 닳도록 드나든다
☞ 뜻풀이 : 찾아오는 사람이 아주 많다. 즉 방문객이 끊임없다는 뜻.

♠ 묻지도 않는데 말하는 것은 잔소리다

☞ 뜻풀이 : 상대방이 묻지도 않은 말에 스스로 대꾸하는 사람은 잔소리를 하는 것에 불과하다는 뜻.

♠ 물고기는 물을 떠나 살 수 없다

☞ 뜻풀이 : 서로 떠나서는 살 수가 없을 정도로 밀접한 관계를 가지고 있는 경우를 이르는 말.

♠ 물불을 가리지 않는다

☞ 뜻풀이 : 어떠한 위험이라도 가리지 않고 저돌적으로 뛰어드는 행동을 이르는 말.

♠ 물에 빠져 죽을 사람은 접시 물에서도 죽는다

☞ 뜻풀이 : 죽는 것이 운명으로 정해져 있다면 그 운명을 피할 수 없다는 뜻.

♠ 물 위에 뜬 기름

☞ 뜻풀이 : 물이 기름과 섞이지 않고 물 위에 뜨기만 하듯이 서로 화합하지 못하거나 어울리지 못한다는 뜻.

♠ 물은 건너보아야 알고, 사람은 지내보아야 안다

☞ 뜻풀이 : 사람은 겉모양만 보아서는 속마음까지 자세히 알 수 없으며 서로 같이 오래 지내면서 겪어 보아야 바로 알 수 있다는 뜻.

♠ 물 찬 제비 같다

☞ 뜻풀이 : 몸매가 매우 깔끔하고 날렵하다는 뜻.

♠ 미어 치나 제껴 치나 매일반

☞ 뜻풀이 : 이렇게 하나 저렇게 하나 결국은 같다는 뜻.

♠ 미역국 먹다

☞ 뜻풀이 : 미역이 미끄럽듯 시험에서 떨어졌다는 뜻.

♠ 미운 놈 떡 하나 더 준다

☞ 뜻풀이 : 싫은 사람일수록 더 잘 해주고 인심을 얻어 나중에 뒤탈이 없도록 해야 한
다는 뜻.

♠ 미운 일곱 살

☞ 뜻풀이 : 일곱 살쯤 되면 아이들이 미운 짓을 많이 한다는 뜻.

♠ 미운 정 고운 정

☞ 뜻풀이 : 오래 같이 지내는 동안 서로 사이가 안 좋은 적도 있었으나 서로의 좋은 모
습과 나쁜 모습을 다 보며 깊게 든 정을 이르는 말.

♠ 미인은 박명이다

☞ 뜻풀이 : 아름다운 사람은 흔히 불행하거나 병약하여 수명이 짧은 경우가 많다는 뜻.

♠ 미주알 고주알 캔다

☞ 뜻풀이 : 일의 속사정을 자질구레한 것까지 속속들이 알아내려고 한다는 뜻.

♠ 미친개에게는 몽둥이가 제격

☞ 뜻풀이 : 자신의 처지와 입장을 생각지 못하고 경망스럽게 행동하는 사람에게는 호
되게 하는 수밖에 달리 다른 방법이 없다는 뜻.

222

♠ 민심은 천심
☞ 뜻풀이 : 사람들의 마음이 곧 하늘의 마음과 같다는 뜻으로 국민의 뜻을 존중하고 따라야 한다는 뜻.

♠ 밑도 끝도 없다
☞ 뜻풀이 : 전후 자세한 상황은 얘기도 하지 않고 갑작스럽게 불쑥 어떠한 얘기를 꺼내어 당황하거나 갈피를 잡을 수 없다는 뜻.

♠ 바가지를 긁는다
☞ 뜻풀이 : 아내가 남편에게 불평 어린 잔소리를 늘어놓는 것을 이르는 말.

♠ 바늘로 찔러도 피 한 방울 안 난다
☞ 뜻풀이 : 아주 냉혹하고 인색한 사람을 이르는 말.

♠ 바늘방석에 앉은 것 같다
☞ 뜻풀이 : 어떤 자리에 앉아 있기가 몹시 부담스럽고 불편하다는 말.

♠ 바닥 다 보았다
☞ 뜻풀이 : 물건을 다 써서 동이 난 상태나 일이 다 되어 이젠 끝장이라는 뜻.

♠ 바른 말 하는 사람 귀염 못 받는다
☞ 뜻풀이 : 다른 사람의 잘잘못을 잘 가리고 곧게 이야기하는 사람은 비록 바른 말을 하는 것이지만 사람들의 호감을 얻기는 힘들다는 뜻.

♠ 반가운 손님도 사흘이다
☞ 뜻풀이 : 아무리 반가운 손님이라고 하더라도 며칠을 묵고 있으면 부담도 되고 싫증
이 난다는 뜻.

♠ 발가락의 티눈만큼도 안 여긴다
☞ 뜻풀이 : 굉장히 무시하고 업신여긴다는 뜻.

♠ 발등을 밟히다
☞ 뜻풀이 : 자기가 하려는 일을 다른 사람이 앞질러 한 경우를 이르는 말.

♠ 발 벗고 나선다
☞ 뜻풀이 : 열심히 남의 일을 주선하려고 애쓴다는 뜻.

♠ 밥은 굶어도 속이 편해야 산다
☞ 뜻풀이 : 배고픈 고통이 차라리 마음의 고통보다 낫다는 뜻.

♠ 밥을 빌어다 죽을 쑤어 먹겠다
☞ 뜻풀이 : 한심한 행동만을 일삼고 다니는 못나고 어리석은 사람을 이르는 말.

♠ 방에 가면 시어머니 말이 옳고 부엌에 가면 며느리 말이 옳다
☞ 뜻풀이 : 누구나 다 자기 입장에서만 말을 하므로 한 쪽의 말만 일방적으로 듣지 말
고 양쪽의 말을 다 들은 다음 정확하고 객관적인 판단을 해야 한다는 뜻.

♠ 배고픈 호랑이가 원님을 알아보나
☞ 뜻풀이 : 다급하고 아쉬울 때는 좋고 나쁜 것을 가릴 새 없이 닥치는 대로 마구 쓴다는 뜻.

♠ 백성의 입 막기는 내(川) 막기보다 힘들다
☞ 뜻풀이 : 국민의 여론이나 소문은 인위적인 힘으로 막을 수 있는 것이 아니라는 뜻.

♠ 백지장도 맞들면 낫다
☞ 뜻풀이 : 아무리 쉬운 일이라도 서로 힘을 합쳐서 협동하면 더욱 수월하게 할 수 있다는 뜻.

♠ 밴 아이 사내 아니면 계집이지
☞ 뜻풀이 : 정해진 두 개의 선택 중에서 어느 하나를 선택하여 하지 않으면 안 되는 상황에서 고민하고 있는 사람을 비꼬아 이르는 말.

♠ 뱃속에 능구렁이가 들어 있다
☞ 뜻풀이 : 능청스럽고 엉큼한 생각을 가지고 있는 사람을 이르는 말.

♠ 번갯불에 콩 볶아 먹겠다
☞ 뜻풀이 : 어떤 일이든지 약삭빠르고 매우 민첩하게 처리하고 싶어하는 사람을 이르는 말.

♠ 벙어리 냉가슴 앓듯 한다
☞ 뜻풀이 : 벙어리가 하고 싶은 말을 못해 혼자 냉가슴을 앓듯이 차마 다른 사람들에게는 말하지 못할 고민으로 인해 혼자 애를 태운다는 뜻.

♠ 벼슬아치는 심부름꾼
☞ 뜻풀이 : 나라 일을 하는 사람들은 자신의 사사로운 이익을 위해서가 아니라 백성을 위하여 일해야 한다는 뜻.

♠ 벽창호다
☞ 뜻풀이 : 고집이 세고 무뚝뚝해 다른 사람의 말을 전혀 듣지 않는 사람을 이르는 말.

♠ 변덕이 죽 끓듯하다
☞ 뜻풀이 : 변덕을 너무 자주 부린다는 뜻.

♠ 병신이 육갑한다
☞ 뜻풀이 : 사람 구실도 제대로 못하는 주제에 엉뚱한 짓만 일삼는 어리석은 사람을 이르는 말.

♠ 병아리 눈물만큼
☞ 뜻풀이 : 아주 소량을 이르는 말.

♠ 보기 좋은 떡이 먹기에도 좋다
☞ 뜻풀이 : 맛깔스러워 보이는 음식이 더 입맛이 당기듯 겉모양이나 포장이 좋으면 내용도 좋다는 뜻.

♠ 보면 밉고 안 보면 보고 싶다
☞ 뜻풀이 : 미운 정 고운 정이 다 들어있는 사이지만 얼굴을 막상 보면 짜증나기 쉽고 떨어져 있으면 그리워진다는 뜻.

♠ 보살도 첩 노릇하면 변한다
☞ 뜻풀이 : 너그러운 여자라도 일단 첩 노릇을 하게 되면 남편의 마음을 자기에게로 돌리기 위해 마음이 간사스럽게 변하고 시기심과 질투심이 많아지게 된다는 뜻.

♠ 복장 터진다
☞ 뜻풀이 : 답답하여 못 견디겠다는 뜻.

♠ 볶은 콩도 골라 먹는다
☞ 뜻풀이 : 어차피 골라가며 쓸 필요가 없는 물건인데도 굳이 골라가며 쓰는 사람을
이르는 말.

♠ 봄눈 녹듯 한다
☞ 뜻풀이 : 오래가지 못하고 이내 사라져 없어지고 마는 물건이나 일을 이르는 말.

♠ 봇짐 내어 주면서 하룻밤 더 묵으라 한다
☞ 뜻풀이 : 속으로는 원하지 않으면서도 겉으로는 가식적으로 그렇게 하길 바라는 것
처럼 행동한다는 뜻.

♠ 봉사는 애꾸를 부러워한다
☞ 뜻풀이 : 아예 없는 사람은 하나라도 있었으면 하고 바라지만 그 하나라도 가지고
있는 사람은 둘을 원하는 것처럼 사람의 욕심은 무한하다는 뜻.

♠ 부부간에도 담은 있어야 한다
☞ 뜻풀이 : 아무리 가까운 부부 사이라고 하더라도 서로 지켜야 할 예의는 지켜야 한
다는 뜻.

♠ 부부 싸움은 칼로 물 베기
☞ 뜻풀이 : 칼로 물을 베면 흔적이 남지 않듯이 부부간에 한 싸움도 그때뿐이고 금세
다시 화해하게 된다는 뜻.

♠ 부자가 더 무섭다

☞ 뜻풀이 : 오히려 많은 것을 소유하고 있는 사람이 더 인색하게 군다는 뜻.

♠ 부자(夫子) 간에도 돈을 세어 주고받는다

☞ 뜻풀이 : 아무리 친한 사이라고 해도 돈에 관한 한 정확하게 계산해야 한다는 뜻.

♠ 부자는 망해도 삼 년 먹을 것이 있다

☞ 뜻풀이 : 원래 부자이던 사람은 망하더라도 얼마간은 그럭저럭 살아 나갈 수 있다는 뜻.

♠ 부자 욕하는 사람은 없는 놈이다

☞ 뜻풀이 : 어려운 환경에 처해 있는 사람은 자신과는 달리 좋은 환경에 있는 사람을
시기하게 마련이라는 뜻.

♠ 분다 분다 하니까 하루 식전에 왕겨 한 섬을 분다

☞ 뜻풀이 : 잘한다 잘한다 칭찬을 해주면 누구나 더 잘하려고 기를 쓰고 한다는 뜻.

♠ 불귀의 객이 되다

☞ 뜻풀이 : 한 번 가서 영영 돌아오지 않는다는 말로 죽어서 다시는 이 세상에 돌아올
수 없는 사람을 이르는 말.

♠ 불난 끝은 있어도 물난 끝은 없다

☞ 뜻풀이 : 화재가 나면 다 타고 난 뒤 재라도 남지만 물난리가 나면 모조리 휩쓸어가
버리므로 남아 있는 것이라곤 아무 것도 없게 된다는 뜻.

♠ 비는 놈한테는 용 빼는 재주 없다
☞ 뜻풀이 : 자기의 허물을 진정으로 뉘우치고 용서를 구하는 사람에게는 어떤 이라도
　　　　 가혹한 형벌을 내릴 수 없다는 뜻.

♠ 비단결 같다
☞ 뜻풀이 : 마음이 곱고 성품이 부드럽다는 뜻.

♠ 비둘기는 콩밭에만 마음이 있다
☞ 뜻풀이 : 자신에게 이득이 되거나 자신이 흥미를 가지고 있는 것에만 정신이 팔려
　　　　 있는 경우를 이르는 말.

♠ 비 맞은 김에 머리 감는다
☞ 뜻풀이 : 계속 벼르고만 있던 일을 해결할 좋은 기회가 주어져 때마침 해결할 수 있
　　　　 게 된 경우를 이르는 말.

♠ 비 온 뒤에 대순
☞ 뜻풀이 : 비가 온 뒤에 참 대순이 부쩍 솟아 나오듯이, 어떤 사물이나 현상이 갑자기
　　　　 동시다발적으로 부쩍 생겨나거나 성한다는 뜻.

♠ 빌려 준 사람은 안 잊어도 빌린 사람은 잊는다
☞ 뜻풀이 : 자기가 급해서 빌려 쓴 사람은 한번 쓰고 나면 잊어버리기 쉽지만 빌려 준
　　　　 사람은 그것을 받아내기 위해 절대 잊지 않는다는 뜻.

♠ 빌어먹어도 타향에 가 빌어먹어라
☞ 뜻풀이 : 아무리 생활이 어렵더라도 사람으로서 갖추어야 할 최소한의 체면은 차려
　　　　 야 한다는 뜻.

♠ 빚지고 거짓말 않는 놈 없다

☞ 뜻풀이 : 다른 사람에게 돈을 빌려 쓰고 제때에 갚지 못하면 어쩔 수 없이 거짓말을
하며 변명을 늘어놓게 된다는 뜻.

♠ 빛 좋은 개살구

☞ 뜻풀이 : 겉만 그럴듯하고 실속이 없는 것을 이르는 말.

♠ 빨리 다는 화로가 빨리 식는다

☞ 뜻풀이 : 흥분을 빨리 하는 사람은 흥분이 오래가지 못하고 쉽게 가라앉는다는 뜻.

♠ 뻐드렁니 수박 먹기는 좋다

☞ 뜻풀이 : 평소에는 불편하게 느꼈던 물건도 적절하게 쓰일 때가 있다는 뜻.

♠ 사나운 개도 사귀면 안 짖는다

☞ 뜻풀이 : 성격이 좋지 않고 나쁜 사람이라고 하더라도 일단 친해지고 나면 친한 사
람에게는 피해를 입히지 않는다는 뜻.

♠ 사나운 사람의 원망을 풀어주는 데는 울음보다 더 빠른 것은 없다

☞ 뜻풀이 : 아무리 냉혹하고 못된 사람이라고 하더라도 상대방이 흘리는 눈물에는 마
음이 약해진다는 뜻.

♠ 사돈의 팔촌

☞ 뜻풀이 : 친척이라고 일컫기엔 먼 친척을 이르는 말.

♠ 사람과 산은 멀리서 보는 게 낫다

☞ 뜻풀이 : 사람을 멀리서만 보면 그 사람의 결점이 잘 보이지 않지만, 가까이 사귀면 아무래도 그 결점이 드러나므로 조금은 거리를 두고 사귀는 것이 오히려 나은 경우도 있다는 뜻.

♠ 사람 위에 사람 없고 사람 밑에 사람 없다

☞ 뜻풀이 : 사람은 누구나 평등하게 태어났으며 그 권리나 의무가 동일하므로 자신이 조금 높은 위치에 있다고 우쭐댈 필요도 없고, 조금 낮은 위치에 있다고 비굴해 할 필요도 없다는 뜻.

♠ 사람은 같은 처지가 되면 같은 행동을 하게 된다

☞ 뜻풀이 : 서로 의견이 달랐던 사람들이라고 하더라도 같은 환경에 놓이게 되면 행동을 같이하게 된다는 뜻.

♠ 사람은 발을 따뜻하게 하고 개는 입이 따뜻해야 한다

☞ 뜻풀이 : 발이 따뜻해야 건강에 유익하며 건강해야 마음도 평안하다는 뜻.

♠ 사람은 술자리를 같이 해봐야 안다

☞ 뜻풀이 : 술을 많이 마시게 되면 이성을 잃은 행동을 하게 되므로 사람을 잘 알려면 술 먹고 행동하는 모습도 보아야 그 사람의 본모습을 알 수 있게 된다는 뜻.

♠ 사람은 정으로 사귀고 귀신은 떡으로 사귄다

☞ 뜻풀이 : 사람을 사귈 때는 자신의 이익을 위해 계획적으로 사귀는 것이 아니라 정을 서로 더해가며 사귀게 된다는 뜻.

♠ 사람을 대할 때는 귀한 손님을 대하듯 하라

☞ 뜻풀이 : 사람을 상대할 때에는 그 사람의 외모나 위치에 상관없이 늘 예의를 갖추어 귀하게 대해야 한다는 뜻.

♠ 사람의 마음은 하루에도 열두 번 변한다

☞ 뜻풀이 : 사람의 마음은 간사하고 변덕스러워서 사소한 문제에 있어서도 수시로 변한다는 뜻.

♠ 사람이 죽을 때면 옳은 말을 하고 죽는다

☞ 뜻풀이 : 살면서 아무리 나쁜 짓을 많이 했던 사람일지라도 죽을 때가 가까워지게 되면 과거의 잘못을 회개하고 옳은 말을 하고 죽는다는 뜻.

♠ 사람이 천 냥이면 눈이 팔백 냥이다

☞ 뜻풀이 : 사람의 신체 중에서 눈은 매우 중요한 역할을 가지고 있다는 뜻.

♠ 사람처럼 간사한 것은 없다

☞ 뜻풀이 : 사람은 나약하여 조금만 좋은 일이 있으면 곧 기뻐하고 조금만 궂은 일이 있으면 곧 슬퍼하며 날이 조금만 추워도 곧 춥다고 할 정도로 변덕스러우며 간사스럽다는 뜻.

♠ 사랑하는 사람은 미움이 없고, 미워하는 사람은 사랑이 없다

☞ 뜻풀이 : 사랑하는 사람은 아무리 미운 짓을 해도 미워 보이지 않고 미워하는 사람은 아무리 좋은 일을 해도 고와 보이지 않는다는 뜻.

♠ 사시나무 떨 듯한다

☞ 뜻풀이 : 춥거나 놀라서 몸을 벌벌 떠는 모습을 이르는 말.

♠ 사위는 백 년 손님

☞ 뜻풀이 : 사위는 처가에 가면 언제나 대접을 잘 받는다는 뜻.

♠ 사족을 못 쓴다

☞ 뜻풀이 : 무엇이 너무 좋아서 거기에 푹 빠져 꼼짝 못 한다는 뜻.

♠ 사흘 굶어 담 아니 넘을 놈 없다

☞ 뜻풀이 : 아무리 선한 사람이라고 하더라도 가난에 찌들게 되면 마음이 변하여 옳지
못한 짓을 하게 된다는 뜻.

♠ 사흘에 피죽 한 그릇도 못 얻어먹은 듯하다

☞ 뜻풀이 : 얼굴빛이 좋지 않고 기운이 없어 보이는 사람을 놀리는 말.

♠ 산 김가 셋이 죽은 최가 하나를 못 당한다

☞ 뜻풀이 : 최 씨 성을 가진 사람은 원래 고집이 매우 세고 성격이 독하다고 하는 데서
나온 말.

♠ 산 설고 물 설다

☞ 뜻풀이 : 새로운 환경을 접하여 모든 것이 낯설고 서먹서먹하다는 뜻.

♠ 살아서는 부귀요 죽어서는 이름이다

☞ 뜻풀이 : 살아 있을 때는 이 세상에서 부귀를 누리는 것이 영광이고 죽은 다음에는
이 세상에 자기 이름 석 자를 남기는 것이 영광이라는 뜻.

♠ 삶은 호박에 이도 안 들어갈 소리다

☞ 뜻풀이 : 물렁하게 삶은 호박에 이가 들어가지 않는다면 믿을 수 없듯이 도저히 이
성적으로 납득할 수 없는 말을 이르는 말.

♠ 삼간 집이 다 타도 빈대 죽는 것이 시원하다

☞ 뜻풀이 : 막대한 손해를 보긴 했으나 이제까지 괴롭히던 존재도 같이 없어져서 속이
후련하다는 뜻.

♠ 삼 년 가뭄에는 살아도 석 달 장마에는 못 산다

☞ 뜻풀이 : 모든 것이 바싹 마르는 가뭄보다 축축한 장마가 더 견디기 힘들다는 뜻.

♠ 삼 년 묵은 체증이 내린 것 같다

☞ 뜻풀이 : 안타깝게 기다리던 일이 비로소 해결되었을 때 이르는 말.

♠삼사월에 긴긴 날·점심 굶고는 살아도 동지 섣달 긴긴
밤에 임 없이는 못 산다

☞ 뜻풀이 : 가난은 견뎌낼 수 있어도 남편 없는 외로움은 견뎌내기 힘들며 밤이 긴 동
지에는 더욱 그러하다는 뜻.

♠ 삼십육계 줄행랑이 으뜸

☞ 뜻풀이 : 자신이 감당할 수 없을 정도로 위험한 상황에 빠졌을 때는 도망가는 것이
상책이라는 뜻.

♠ 삼천 갑자 동방삭도 저 죽는 날은 몰랐다

☞ 뜻풀이 : 아무리 똑똑하고 유식한 사람이라고 하더라도 자신이 언제 죽을지에 대해
서는 결코 알 수 없다는 뜻.

♠ 상대 없는 송사 없다

☞ 뜻풀이 : 싸움은 혼자는 결코 할 수 없듯이 송사 또한 궁극적으로 서로 잘잘못을 가리기 위한 것이므로 당연히 대상이 있다는 뜻.

♠ 새도 저물면 제 집으로 간다

☞ 뜻풀이 : 하찮은 날짐승들도 날이 어두워지면 제 집을 찾아가는데 하물며 사람이 집에 들어가지 않고 늦게까지 떠돌아다녀서는 안 된다는 뜻.

♠ 새 발의 피

☞ 뜻풀이 : 분량이 매우 적거나 하찮은 물건이라는 뜻.

♠ 새 오리 장가 가면 헌 오리 나도 간다

☞ 뜻풀이 : 자기의 주제를 파악하지 못하고 다른 사람이 한다면 샘이 나서 무작정 따라 하는 사람을 이르는 말.

♠ 새우 싸움에 고래등 터진다

☞ 뜻풀이 : 자기와는 아무 연관도 없는 다른 사람들의 싸움에 끼여 애꿎은 자기만 피해를 입게 되었다는 뜻.

♠ 색에 귀천 없다

☞ 뜻풀이 : 이성 관계에서는 신분의 귀하고 천한 것은 전혀 상관이 없다는 뜻.

♠ 생선은 머리 쪽이 맛있고 고기는 꼬리 쪽이 맛있다

☞ 뜻풀이 : 생선은 머리 부분이 맛이 있고 고기는 꼬리 부분이 맛있다는 말.

♠ 서리가 와야 절개 있는 나무를 안다

☞ 뜻풀이 : 자신이 감당할 수 없을 만큼 견디기 힘든 시련을 당해봐야 그 사람의 진면 목을 비로소 볼 수 있게 된다는 뜻.

♠ 서방질도 하는 년이 한다

☞ 뜻풀이 : 무슨 일이든지 경험이 한 번이라도 있는 사람이 전혀 안 해본 사람보다는 오히려 더 잘 하게 된다는 뜻.

♠ 세 사람이 알면 세상이 다 알게 된다

☞ 뜻풀이 : 어떤 사실에 대해 단지 몇 사람만 알아도 소문이 금방 퍼져 이내 모든 사람 이 다 알게 된다는 뜻.

♠ 세 살 먹은 아이도 제 손엣것 안 내놓는다

☞ 뜻풀이 : 사람은 본디 욕심이 많고 이기적이어서 누구나 본능적으로 자기의 것을 다 른 사람에게 빼앗기기 싫어한다는 뜻.

♠ 세상 벙어리가 다 말을 해도 너만은 가만히 있거라

☞ 뜻풀이 : 모두 자신의 의견을 내놓을 자격이 있어도 너만큼은 말할 처지가 못 된다는 뜻.

♠ 세 잎 주고 집 사고 천 냥 주고 이웃 산다

☞ 뜻풀이 : 좋은 이웃이나 좋은 친구는 큰돈을 주고도 못 살 만큼 인간의 인생에서 정 말 중요한 존재라는 뜻.

♠ 셋째 딸은 선도 보지 말랬다

☞ 뜻풀이 : 대개 자매 중 셋째는 얼굴도 예쁘고 언니들의 행실을 본받아서 두루 갖추어 야 할 예의범절을 배우게 되므로 안심하고 며느리로 맞아들일 수 있다는 뜻.

236

♠ 소도둑 같다

☞ 뜻풀이 : 인상이 험상궂고 매우 험악한 사람을 이르는 말.

♠ 소도 성낼 때가 있다

☞ 뜻풀이 : 평소에 온순한 소처럼 마음이 너그러운 사람도 화가 나면 성을 낸다는 뜻.

♠ 소리 없는 방귀가 더 구리다

☞ 뜻풀이 : 평소에 별 말 없이 얌전하던 사람이 오히려 화가 나면 더 포악하고 무서울 수도 있다는 뜻.

♠ 소문은 반이 거짓말이다

☞ 뜻풀이 : 소문은 입에서 입으로 옮겨지면서 조금씩 계속 보태지게 되어 나중에는 사실보다 더 확대되어버리므로 소문을 모두 곧이곧대로 다 믿어서는 안 된다는 뜻.

♠ 손님 앞에서는 개도 꾸짖지 않는다

☞ 뜻풀이 : 손님이 와 있는데 개를 꾸짖게 되면 손님이 오히려 무안하여 그 자리에 머물러 있기를 불편하게 느끼게 되므로 손님이 와 있을 때는 행동을 조심해야 한다는 뜻.

♠ 손이 들이 굽지 내 굽나

☞ 뜻풀이 : 팔은 안으로 굽듯이 사람의 마음도 모르는 사람보다는 가까운 사람에게 가게 마련이라는 뜻.

♠ 수염은 고생할 때 길고 손톱은 편할 때 긴다

☞ 뜻풀이 : 고생을 하게 되면 자신의 외모에 신경 쓸 시간적 여유가 없어 수염이 자기도 모르는 사이에 길어져 있고 생활이 넉넉하고 편하면 일을 하지 않게 되므로 자연히 손톱이 닳지 않는다는 뜻.

♠ 시시덕이는 재를 넘어도 새침데기는 골로 빠진다

☞ 뜻풀이 : 외향적이고 발랄한 사람은 실없이 보이기는 해도 사실상 그다지 큰 잘못은 저지르지 않지만, 얌전하고 정숙한 체하는 새침데기가 오히려 겉으로 보이는 모습과는 달리 골로 빠져 엉뚱한 짓을 잘 한다는 뜻.

♠ 시장이 반찬이다

☞ 뜻풀이 : 배가 너무나 고플 때는 어떤 음식이든지 다 맛있게 느껴진다는 뜻.

♠ 시집간 딸 치고 도둑 아닌 딸 없다

☞ 뜻풀이 : 시집간 딸은 친정 집에 한번 오면 무엇이든 다 싸 가지고 가려 한다는 뜻.

♠ 신방 촛불은 입으로 끄지 않는다

☞ 뜻풀이 : 전통 혼례 후 첫날 밤 신방에 켜놓은 촛불을 입으로 불어서 끄면 이들 신혼 부부에게 좋지 않다고 하여 입 대신 손으로 껐다고 하는 데서 유래.

♠ 싫어 싫어 하면서도 손 내민다

☞ 뜻풀이 : 여러 사람이 보는 앞에서는 사양하는 척하면서 실제적으로는 실속을 혼자서 다 차리는 얌체 같은 사람을 이르는 말.

♠ 십 년이면 강산도 변한다

☞ 뜻풀이 : 세상의 모든 것들은 아주 빠른 속도로 변화하기 때문에 세월이 얼마간 흘러가게 되면 많은 것이 변해 있다는 뜻.

♠ 십 리도 못 가서 발병 난다

☞ 뜻풀이 : 자신을 사랑하는 사람을 두고 떠나버리게 되면 남아 있는 사람이 큰 상처를 받게 되어 그 대가로 떠나는 사람은 벌을 받게 된다는 뜻.

♠ 십인십색이다

☞ 뜻풀이 : 사람은 모두 생김이나 성격이 제각기 모두 다 상이하다는 뜻.

♠ 싸라기 밥을 먹었나

☞ 뜻풀이 : 상대방이 너무 무례하게 반말하거나 엉뚱한 말을 내뱉을 때 핀잔 주며 이르는 말.

♠ 싸리 그늘에 누운 개 팔자다

☞ 뜻풀이 : 더운 날 그늘 아래 누워 있는 개처럼 팔자 좋게 편하게 먹고 지낸다는 뜻.

♠ 싸움은 말리고 흥정은 붙여라

☞ 뜻풀이 : 사람들간의 갈등은 중간에서 중재적인 역할로 해결해 주어야 하고 좋은 일은 성사가 되도록 도와주어야 한다는 뜻.

♠ 아이 본 공과 새 본 공은 없다

☞ 뜻풀이 : 다른 사람의 아이를 아무리 잘 돌보아 주었다 하더라도 실수를 해서 아이에게 탈이 생기면 아이를 돌보아 준 것에 대한 수고는 무시되고 오히려 원망만 사게 된다는 뜻.

♠ 아침놀에는 문밖에 나가지 말고 저녁놀에는 먼길 가라
☞ 뜻풀이 : 아침 노을은 그날 비가 많이 올 징조이므로 외출을 삼가는 것이 좋고 저녁
　　　노을은 날이 맑을 징조이므로 먼길을 떠나도 무방하다는 뜻.

♠ 아침에 까치가 울면 길하고 밤에 까마귀가 울면 흉하다
☞ 뜻풀이 : 아침에 들리는 까치 울음소리는 좋은 일이 생기거나 귀한 손님이 찾아 올
　　　징조이고 밤에 우는 까마귀 소리는 불길한 징조라는 뜻.

♠ 아픈 것은 참아도 가려운 것은 못 참는다
☞ 뜻풀이 : 큰 아픔은 능히 견뎌낼 수 있어도 오히려 사소한 가려움은 긁지 않고는 견
　　　디기가 매우 힘이 든다는 뜻.

♠ 악담이 덕담된다
☞ 뜻풀이 : 어떤 사람에 대해 계속 악담을 하면 상대방은 오히려 더 잘만 되어 간다는 뜻.

♠ 안성맞춤이다
☞ 뜻풀이 : 경기도 안성은 옛날부터 유기의 명산지로서 주문에 따라 그릇을 꼭 맞추어 만
　　　든 데서 나온 말로 무엇이 한 치의 오차도 없이 꼭 들어맞을 때를 이르는 말.

♠ 알면 장난이요 모르면 그만이다
☞ 뜻풀이 : 물건을 훔쳐 놓고는 주인에게 들키지 않으면 그냥 넘어가고 주인에게 들키
　　　면 장난으로 한 것이라 변명하는 얌체 같은 사람을 이르는 말.

♠ 앓느니 죽는 것이 낫다
☞ 뜻풀이 : 고통을 받으며 사는 것보다 죽어 버리는 것이 차라리 속 편할 것이라고 푸
　　　념하며 이르는 말.

240

♠ 약방의 감초다
☞ 뜻풀이 : 어떤 일에서든지 빠지지 않고 항상 끼여들어 참견을 하는 사람을 이르는 말.

♠ 양지가 있으면 음지도 있다
☞ 뜻풀이 : 모든 세상 이치에는 음과 양이 있듯이 잘 사는 사람이 있으면 못사는 사람 도 당연히 있고 좋은 사람이 있으면 나쁜 사람도 있게 마련이라는 뜻.

♠ 어린아이 우물가에 둔 것 같다
☞ 뜻풀이 : 철모르는 어린아이를 우물가에 두고 오면 아이가 우물에 빠지지나 않을까 걱정이 되는 것처럼 어떤 일을 다른 사람에게 맡겨 놓고 마음이 놓이지 않 아 불안해 한다는 뜻.

♠ 억지 춘향이다
☞ 뜻풀이 : 강요에 못 이겨 하고 싶지 않은 일을 억지로 하는 것을 이르는 말.

♠ 없는 사람은 없는 걱정이 있고 있는 사람은 있는 걱정이 있다
☞ 뜻풀이 : 가난한 사람이든 넉넉한 사람이든 사람이면 모두 나름대로의 걱정거리가 있게 마련이라는 뜻.

♠ 엎어지면 코 닿겠다
☞ 뜻풀이 : 어떤 것이 매우 가까이 있다는 뜻.

♠ 여든에 이 앓는 소리 한다
☞ 뜻풀이 : 알아듣지도 못할 말을 혼자서 중얼거리는 사람을 비꼬아 이르는 말.

♠ 여우하고는 살아도 곰하고는 못 산다

☞ 뜻풀이 : 여우같이 간사하고 교활한 사람과는 그런대로 살아갈 수 있어도 곰같이 미련한 사람하고는 답답해서 못 산다는 뜻.

♠ 여자는 눈이 잘 생겨야 자식 복이 있다

☞ 뜻풀이 : 여자가 총명하면 자식들도 똑똑한 자식으로 성장하게 된다는 뜻.

♠ 여자는 젊어서는 여우가 되고 늙어서는 호랑이가 된다

☞ 뜻풀이 : 여자는 젊을 때는 남편에게 순종하며 따르는 척하지만, 늙어서는 남편에게 젊어서 섭섭했던 것을 갚으며 산다는 뜻.

♠ 여자는 코가 잘 생겨야 남편 복이 있다

☞ 뜻풀이 : 여자는 코가 예쁘면 남편 복이 있고 부부간의 금실도 좋다는 뜻.

♠ 여자 셋만 모이면, 놋양푼도 남아나지 않는다

☞ 뜻풀이 : 여자들은 수다스러워 여러 명이 모이면 매우 시끌벅적하다는 뜻.

♠ 여자 원한은 오뉴월에도 서리 내린다

☞ 뜻풀이 : 연약해 보이는 여자가 한번 한을 품게 되면 오히려 남자보다 더 끈질기게 앙갚음을 할 수도 있다는 뜻으로 여자를 무시하거나 원한을 갖게 하는 남자들을 경고하는 말.

♠ 열고 보나 닫고 보나

☞ 뜻풀이 : 어떤 일을 함에 있어 이렇게 하나 저렇게 하나 마찬가지여서 아무렇게나 하여도 큰 차이가 없다는 뜻.

♠ 열 길 물 속은 알아도 한 길 사람 속은 모른다

☞ 뜻풀이 : 물 속의 깊이는 잴 수 있지만 사람의 마음은 들여다볼 수 있는 것이 아니므로
사람의 겉모습만 보고는 도무지 그 사람의 마음을 종잡을 수가 없다는 뜻.

♠ 열두 가지 재주 가진 놈이 저녁거리가 없다

☞ 뜻풀이 : 재주가 너무 많은 사람은 자신의 어떤 재능을 살려야 할지 몰라 오히려 한
가지 일도 성공하기 어려우며 그로 인해 항상 궁색할 수밖에 없다는 뜻.

♠ 열 숟가락 모으면 한 사발 가득한 밥이 된다

☞ 뜻풀이 : 각 사람에게는 소량의 분량이지만 그것이 모이면 엄청난 양이 되어 여러 사람
이 조금씩만 모아 도와줘도 어려움을 당한 사람에게는 큰 도움이 된다는 뜻.

♠ 예쁜 아내의 남편은 거의가 못생긴 사내들이다

☞ 뜻풀이 : 못생긴 남자들은 상대적으로 예쁜 여자를 좋아하므로 예쁜 여자와 결혼하
는 경우가 많다는 뜻.

♠ 오뉴월 감기는 개도 안 걸린다

☞ 뜻풀이 : 감기는 대부분 추운 날씨에 걸리기 마련인데 더운 여름에 감기에 걸리는
사람을 비웃어 이르는 말.

♠ 오라는 데는 없어도 갈 데는 많다

☞ 뜻풀이 : 거지는 누구 하나 자신을 반겨 주는 사람이 없지만 얻어먹기 위해서 가야
할 곳은 많다는 뜻.

♠ 오십 보 백 보 다

☞ 뜻풀이 : 작은 차이는 있겠지만 본질적으로는 큰 차이가 없다는 뜻.

♠ 오지랖이 넓다

☞ 뜻풀이 : 자기와 전혀 관계도 없는 일에 경망스럽게 나서서 간섭하고 다니는 사람을 이르는 말.

♠ 옷이 날개다

☞ 뜻풀이 : 옷을 어떻게 입느냐에 따라 사람이 달라 보이고 옷을 잘 차려 입으면 사람이 원래 자신의 모습보다 훨씬 더 나아 보인다는 뜻.

♠ 외기러기 짝사랑하듯 한다

☞ 뜻풀이 : 짝사랑하며 혼자 마음을 애태우는 사람을 이르는 말.

♠ 외상이면 소도 잡아 먹는다

☞ 뜻풀이 : 외상으로 물건을 사더라도 어차피 나중에 갚아야 하는데도 살 때 돈을 주고 사는 것이 아니니까 공짜로 여겨져 외상이라면 앞뒤 가리지도 않고 대책 없이 분수에 맞지도 않은 것을 사려고 한다는 뜻.

♠ 용모는 마음의 거울이다

☞ 뜻풀이 : 사람의 겉모습이나 행동을 보면 그 사람의 성품까지도 대충 짐작할 수 있다는 뜻.

♠ 우는 놈도 속이 있어 운다

☞ 뜻풀이 : 누구나 무슨 일을 할 때는 다 나름대로의 생각이 있어서 하게 되는 것이지 아무런 생각 없이 행동을 하는 것이 아니라는 뜻.

♠ 우렁도 두렁을 넘는다

☞ 뜻풀이 : 아무리 우둔한 사람이라고 하더라도 각자 한두 가지의 재능은 다 지니고
있으므로 자기의 몫은 챙긴다는 뜻.

♠ 울고 싶자 매 때린다

☞ 뜻풀이 : 하고 싶었던 일이 있었으나 마땅한 구실이 없어 못 하다가 때마침 좋은 핑
곗거리가 생겼다는 뜻.

♠ 울며 겨자 먹기다

☞ 뜻풀이 : 하고 싶지 않은 일이지만 부득이한 사정이나 강요로 인해 할 수밖에 없게
되어 억지로 한다는 뜻.

♠ 웃음 속에 칼이 있다

☞ 뜻풀이 : 겉으로는 좋은 척하면서 호의적인 태도를 보이지만 속으로는 이를 갈고 있
는 모습을 이르는 말.

♠ 원수는 외나무 다리에서 만난다

☞ 뜻풀이 : 서로 원한을 가진 사람들은 언젠가는 결국 서로 피할 수 없는 곳에서 만나
게 된다는 뜻.

♠ 원수도 한 배에 타면 서로 돕게 된다

☞ 뜻풀이 : 평소에 아무리 사이가 안 좋았다 하더라도 같이 어떤 일을 하지 않으면 안
될 경우에는 협력하게 된다는 뜻.

♠ 유리와 처녀는 깨지기 쉽다

☞ 뜻풀이 : 유리가 잘 깨지듯이 여자는 허영심이 많아 나쁜 길로 빠지기 쉬우므로 항상 몸가짐을 바르게 하기 위해 노력해야 한다는 뜻.

♠ 유정 무정은 정들 탓이다

☞ 뜻풀이 : 사람에게 정이 있고 없고는 서로 함께 정을 들이기에 달려 있다는 뜻.

♠ 은에서 은 못 고르고 총각 속에서 총각 못 고른다

☞ 뜻풀이 : 비슷비슷한 것들이 많이 모여 있으면 그 중에서 마음에 드는 것 하나만 고르기가 쉽지 않다는 뜻.

♠ 음식 많은 건 개나 주지만 사람 싫은 건 죽어야 안 본다

☞ 뜻풀이 : 먹기 싫은 음식은 버리면 되지만 배우자를 잘못 선택하게 되면 물건처럼 버릴 수 없어 평생 고생을 하게 되므로 배우자를 고를 때나 함께 일할 사람을 고를 때는 신중을 기해야 한다는 뜻.

♠ 의붓어미가 티를 내는 것이 아니라 의붓자식이 티를 낸다

☞ 뜻풀이 : 새어머니가 남편의 자식들을 구박하는 것이 아니라 도리어 자식들이 새어머니를 구박한다는 뜻.

♠ 이 꼴 저 꼴 안 보려면 눈 먼 것이 상책이다

☞ 뜻풀이 : 인생을 살다보면 차마 눈뜨고 볼 수 없는 추한 일들을 많이 접하게 되므로 그런 꼴을 보기 싫어 차라리 시선이나 관심을 다른 곳으로 돌린다는 뜻.

♠ 이래도 인생 저래도 인생
☞ 뜻풀이 : 사람의 한평생이란 허무한 것이요, 한 번 살다 죽으면 그만이니 너무 욕심을 내거나 악하게 살지 말고 둥글둥글 살아가자는 뜻.

♠ 이 팽이가 돌면 저 팽이도 돈다
☞ 뜻풀이 : 한 장사꾼이 자기의 물건을 더 많이 팔기 위해 다른 장사꾼보다 가격을 낮게 책정하면 다른 장사꾼도 따라서 가격을 내리게 되듯이 하나가 바뀌면 다른 것들도 따라 바뀌게 되는 현상을 이르는 말.

♠ 인사에는 선후가 없다
☞ 뜻풀이 : 인사라는 것은 꼭 아랫사람이 손윗사람에게 먼저 해야 하는 것이 아니라, 먼저 본 사람이 먼저 깍듯이 인사를 하는 것이 마땅하다는 뜻.

♠ 자기 집 안방 드나들 듯 한다
☞ 뜻풀이 : 어떠한 장소를 수시로 자주 드나든다는 뜻.

♠ 자는 놈 목 베기다
☞ 뜻풀이 : 매우 하기 쉬운 일을 이르는 말.

♠ 자는 범 코침 주기
☞ 뜻풀이 : 가만히 있는 사람을 공연히 건드려서 일을 더 크게 만든다는 뜻.

♠ 자다가 봉창 두드린다
☞ 뜻풀이 : 갑자기 엉뚱한 소리를 불쑥 내놓아 당황하게 만드는 사람을 이르는 말.

♠ 자라 보고 놀란 가슴 솥뚜껑 보고도 놀란다

☞ 뜻풀이 : 어떤 일로 한번 크게 충격을 받은 사람은 나중에 그 일과 비슷한 현상만 보아도 금세 겁을 내게 된다는 뜻.

♠ "자시지요" 할 때는 안 먹고 "쳐먹어라" 해야 먹는다

☞ 뜻풀이 : 순순히 말로 타이를 때는 듣지 않고 강압적인 태도를 보여야 마지못해 말을 듣는다는 뜻.

♠ 작은 고추가 더 맵다

☞ 뜻풀이 : 몸집이 작은 사람이 몸집이 큰 사람보다 더 약삭빠르고 영악하다는 뜻.

♠ 잘난 사람이 있어야 못난 사람도 있다

☞ 뜻풀이 : 세상 만사는 상대적으로 평가가 되므로 잘난 사람이 있으면 그 잘난 사람과 비교해 볼 때 좀 떨어진 사람도 있고 못난 사람이 있으면 그 사람으로 인해 잘나 보이는 사람도 있다는 뜻.

♠ 잘 되면 술이 석 잔이요, 못 되면 뺨이 세 대다

☞ 뜻풀이 : 남자와 여자의 인연을 맺어주거나 어떤 일을 성사시켜줄 때 나중에 좋은 결과가 나타나게 되면 술을 얻어 마시게 되지만 결과가 좋지 않으면 원성만 듣게 된다는 뜻.

♠ 잘 되면 충신이요, 못 되면 역적이다

☞ 뜻풀이 : 반란을 일으켜 성공을 하게 되면 충신으로 칭송을 받게 되지만 만일 실패를 하게 되면 역적으로 몰려 죽음을 당하게 된다는 뜻.

♠ 잘 싸우는 사람은 성을 내지 않는다

☞ 뜻풀이 : 싸움을 할 때는 너무 흥분한 나머지 이성을 잃고 막무가내로 행동하지 말고, 자신의 감정을 억누르고 이성적으로 조리있게 자신의 의견을 얘기하며 싸워야 한다는 뜻.

♠ 잠 원수는 죽어야 갚는다

☞ 뜻풀이 : 잠을 오래 자는 습관은 고치기 어렵다는 뜻.

♠ 잠이 보약보다 낫다

☞ 뜻풀이 : 보약을 먹어 건강을 유지하는 것도 좋지만 잠을 충분히 자서 피로를 회복하는 것이 건강에 더 좋다는 뜻.

♠ 장가가면 철도 난다

☞ 뜻풀이 : 철이 없던 남자도 일단 결혼을 하게 되면 의젓해지고 어른스러워진다는 뜻.

♠ 재산은 모으기보다 지키기가 더 어렵다

☞ 뜻풀이 : 재산은 모으기도 힘들지만 모은 돈을 잘 관리하는 것은 더욱더 힘들다는 뜻.

♠ 재산은 사나이의 담을 키우고 옷은 사람의 외모를 돋구어 준다

☞ 뜻풀이 : 재산이 두둑하면 담이 커져 큰 일을 도모하게 되고 사람이 옷을 잘 입으면 인물이 훨씬 돋보인다는 뜻.

♠ 재주는 곰이 넘고 돈은 되놈이 번다

☞ 뜻풀이 : 죽도록 고생만 하는 사람 따로 있고 그 수고에 대한 대가를 챙기는 사람 따로 있다는 뜻.

♠ 저녁 굶은 초서다
　☞ 뜻풀이 : 글씨는 남들이 잘 알아볼 수 있도록 정확하고 바르게 써야 한다는 뜻.

♠ 저렇게나 급하면 할미 속으로 왜 아니 나왔나?
　☞ 뜻풀이 : 성미가 매우 급한 사람을 이르는 말.

♠ 절약도 있어야 절약한다
　☞ 뜻풀이 : 쓸 것이 아주 없으면 아낄 수도 없으니 재산은 있을 때 아껴 써야 한다는 뜻.

♠ 젊은 과부 한숨 쉬듯 한다
　☞ 뜻풀이 : 땅이 꺼지도록 깊은 한숨을 내쉰다는 말.

♠ 젊은이 망령은 홍두깨로 고치고 늙은이 망령은 곰국으로 고친다
　☞ 뜻풀이 : 행실이 좋지 않은 젊은 사람은 매로 엄하게 다스려야 효과가 있고 나이 든
　　　　사람의 노망기는 영양가 있고 맛있는 음식으로 치유해야 효과가 있다는 뜻.

♠ 조밥에도 큰 덩이, 작은 덩이가 있다
　☞ 뜻풀이 : 작고 하찮은 것이라 할지라도 적어도 아주 작은 차이라도 있게 마련이라는 뜻.

♠ 주린 고양이 쥐 만난 격이다
　☞ 뜻풀이 : 필요하던 것이 필요한 때에 적절하게 생겨 몹시 좋아하는 사람을 이르는 말.

♠ 주머니 돈이 쌈지 돈이다
☞ 뜻풀이 : 누구의 소유인지 상관없이 같은 사람의 소유이므로 특별히 구별할 필요가
없다는 뜻.

♠ 주머니 둘 찼다
☞ 뜻풀이 : 두 가지 마음을 품고 있는 이중 인격을 가진 사람을 이르는 말.

♠ 주어서 싫다는 사람 없다
☞ 뜻풀이 : 공짜를 좋아하는 것이 사람의 본성이기 때문에 남이 거저 준다면 싫어할
사람이 없다는 뜻.

♠ 주인 기다리는 개 먼 산 쳐다보듯 한다
☞ 뜻풀이 : 다른 데에 마음을 빼앗겨 넋이 나간 사람처럼 하염없이 그곳을 응시하고
있는 사람을 이르는 말.

♠ 죽는 년이 밑 감추랴
☞ 뜻풀이 : 갑자기 순식간에 당한 일이어서 미처 예의나 염치를 차릴 새가 없었다는 뜻.

♠ 죽는다 죽는다 하는 사람치고 죽는 사람 못 봤다
☞ 뜻풀이 : 말로만 할 수 있다고 떠벌리는 사람이 오히려 그 실행은 더 못 한다는 뜻.

♠ 죽은 고양이가 '야옹' 하니까 산 고양이는 할 말이 없다
☞ 뜻풀이 : 너무나도 사리에 어긋난 말을 해서 그 말을 듣는 사람이 어처구니없어 할
때를 이르는 말.

♠ 죽은 사람 소원도 풀어 주는데 산 사람 소원 못 풀어 주랴

☞ 뜻풀이 : 소망이 너무 간절한 사람을 힘닿는 데까지는 힘을 써서 도와주자는 의지를 이르는 말.

♠ 죽은 아들치고 못난 아들 없다

☞ 뜻풀이 : 사람은 현재 자기가 가지고 있는 것보다는 과거에 가지고 있었다가 잃어버린 것에 대해 애착을 더 느끼고 과거에 더 집착한다는 뜻.

♠ 죽이 끓는지 밥이 끓는지

☞ 뜻풀이 : 일이 어떻게 되든지 전혀 관심이 없다는 뜻.

♠ 줄 끊어진 박 첨지

☞ 뜻풀이 : 오갈 데 없이 떠돌아다니는 외롭고 불쌍한 사람을 이르는 말.

♠ 중이 얼음을 건너갈 때는 나무아미타불 하다가도 얼음에 빠지면 하느님 한다

☞ 뜻풀이 : 극한 상황에 처하게 되면 도움이 될 만한 것은 어떤 것인지 가리지 않게 된다는 뜻.

♠ 지렁이도 꿈틀하는 재주는 있다

☞ 뜻풀이 : 누구나 한 가지 재주 정도는 선천적으로 타고난다는 뜻.

♠ 집에는 호랑이가 있어야 잘 산다

☞ 뜻풀이 : 집안의 기강을 바로 잡으려면 가장이 엄격해야 할 필요가 있다는 뜻.

♠ 짚신도 짝이 있다
☞ 뜻풀이 : 아무리 못난 사람일지라도 하늘이 맞춰준 인연이 어딘가에는 다 있다는 뜻.

♠ 착한 사람과 원수는 되어도 악한 사람과 벗은 되지 말랬다
☞ 뜻풀이 : 착한 사람과 원수지간이 되더라도 그에게 배울 점이 있을 수 있지만 악한 사람과 가까이 지내게 되면 악행으로 물들게 되므로 사람과의 관계에서 항상 조심해야 된다는 뜻.

♠ 참는 것도 한도가 있다
☞ 뜻풀이 : 참을 만큼 참아서 이제는 더 이상 참고만 있을 수 없다는 뜻.

♠ 참새가 방앗간을 보고 그냥 지나랴
☞ 뜻풀이 : 자기 자신이 평소에 정말 좋아하던 것은 그냥 지나칠 수가 없다는 뜻.

♠ 참새 주둥이는 내일 아침이다
☞ 뜻풀이 : 굉장히 수다스러운 사람을 이르는 말.

♠ 처녀가 늙으면 되박 쪽박이 안 남아 난다
☞ 뜻풀이 : 나이 든 처녀가 나이가 차서까지 시집을 못 가고 있으면 심통이 나서 심술을 부리게 된다는 뜻.

♠ 처녀가 아이를 배도 할 말이 있다
☞ 뜻풀이 : 아무리 납득하기 힘든 일도 그 일을 당한 당사자 나름대로는 다 그럴 만한 속사정이 있다는 뜻.

♠ 천리 길도 멀다 하지 않는다
☞ 뜻풀이 : 반가운 사람을 찾아가게 되면 아무리 먼 거리라도 멀게 느껴지지 않고 가깝게 느껴진다는 뜻.

♠ 천하일색 양귀비도 못 녹인 사내가 있다
☞ 뜻풀이 : 아무리 예쁜 여자라고 할지라도 모든 남자가 다 그 여자를 좋아하는 것은 아니라는 뜻.

♠ 첫날밤 눈이 오면 잘 살고, 동짓날 눈이 오면 풍년이 든다
☞ 뜻풀이 : 우리 민간의 풍속에 의하면 결혼 첫날밤에 눈이 오면 앞으로 결혼 생활에 좋은 일이 있을 징조이고 동짓날 눈이 오면 그해에는 풍년이 든다는 뜻.

♠ 첫딸은 세간 밑천이다
☞ 뜻풀이 : 첫째 딸은 어머니를 도와 집안 일을 잘 한다는 뜻.

♠ 청한 손님은 만날 때가 반갑고 청하지 않은 손님은 갈 때가 반갑다
☞ 뜻풀이 : 반가운 사람을 만나면 기분이 좋지만 반갑지 않은 사람을 보면 빨리 가 주었으면 하고 바란다는 뜻.

♠ 친구와 술은 오래될수록 좋다
☞ 뜻풀이 : 술은 오래된 것일수록 더 맛이 있듯이 사람도 마찬가지로 오래 사귀어 정든 친구일수록 믿을 수 있고 편하다는 뜻.

♠ 코 잘생긴 거지는 있어도 귀 잘생긴 거지는 없다
☞ 뜻풀이 : 귀가 잘 생긴 사람은 대개 재물 복이 있다는 뜻.

♠ 파리 앞발 비비듯 한다

☞ 뜻풀이 : 자기의 허물이나 잘못을 용서받기 위하여 손을 싹싹 비비며 사정하는 모습
을 이르는 말.

♠ 하룻밤을 자도 만리성을 쌓는다

☞ 뜻풀이 : 짧은 시간에도 깊은 정을 나눌 수 있다는 말로 흔히 이성간의 합방으로 인
한 정을 이르는 말.

♠ 한 귀로 듣고 한 귀로 흘린다

☞ 뜻풀이 : 상대방의 말이 들을 가치가 없어서 그냥 흘려듣거나 다른 것에 정신이 팔
려 상대방의 말에 귀를 기울이지 않는 경우를 이르는 말.

♠ 한 다리가 천리

☞ 뜻풀이 : 조금이라도 더 가까운 사람에게 정이 쏠리기 마련이라는 말.

♠ 함박 시키면 바가지 시키고 바가지 시키면 쪽박 시킨다

☞ 뜻풀이 : 집안의 어른이나 상사가 어떤 일을 아랫사람에게 시키면 그 아랫사람은 또
다시 자기의 아랫사람에게 그 일을 시킨다는 말.

♠ 함흥차사다

☞ 뜻풀이 : 태종이 그의 아버지 이 태조가 함흥에 은거하고 있을 때 사신을 여러 사람
보냈으나 간 사람마다 이 태조에 의해 죽음을 당해 돌아오지 못했다는 데
서 나온 말로, 심부름 보낸 사람이 전혀 아무런 소식도 없이 늦게까지 돌아
오지 않는다는 뜻.

♠ 해가 서쪽에서 뜨겠다

☞ 뜻풀이 : 전에 하지 않던 행동을 하는 사람을 보고 놀라서 하는 말.

♠ 형만한 아우 없다

☞ 뜻풀이 : 아무리 아우가 똑똑하다 하더라도 조금 더 일찍 태어나 그래도 경험이 좀 더 많은 형보다는 못하기 마련이라는 뜻.

♠ 호랑이도 제 말하면 온다

☞ 뜻풀이 : 한창 어떤 사람에 대해서 이야기하고 있을 때 때마침 그 이야기의 주인공이 나타난다는 뜻.

♠ 호박에 말뚝 박기다

☞ 뜻풀이 : 힘을 별로 들이지 않고 쉽게 할 수 있는 일을 이르는 말.

♠ 호주머니에 상의를 해봐야 안다

☞ 뜻풀이 : 자기 수중에 돈이 어느 정도 있는지 확인해본 다음에 지출을 할지 안 할지 결정해야 한다는 뜻.

♠ 혼백이 상처했다

☞ 뜻풀이 : 혼백이 다쳤다는 말로 기절한 사람을 이르는 말.

♠ 홀아비는 이가 서 말이요 과부는 은이 서 말이다

☞ 뜻풀이 : 여자는 혼자 살게 돼도 알뜰하게 꾸려나갈 수 있지만 남자가 혼자가 되면 집안꼴이 아주 엉망이 된다는 뜻.